KB005269

검은 바이올린

LE VIOLON NOIR
by Maxence Fermine

검은 바이올린

LE VIOLON NOIR

막상스 페르민 — 임선기 옮김

진정한 음악은 음표들 사이에 있다

—볼프강 아마데우스 모차르트

I

1

요하네스 카렐스키Johannes Karelsky의 영혼은 광기에 가까워지곤 하는 이상한 성향이 있었다. 그 성향으로 인해 그는 단 하나의 존재 이유만을 갖게 됐는데, 그것은 자신의 생生인 영혼을 음악으로 옮기는 것이었다. 달리 말해, 미완성 악보인 자신의 영혼을 매일 조금씩 더 천재적으로 연주하는 것이었다.

요하네스 카렐스키는 바이올린 연주자였다. 그는 모든 사람이 황홀해하며 들었지만, 아무도 제대로 이해하지 못한 작품들을 훌륭하게 해석했다.

1795년 서른한 살 때 그의 예술은 완숙해졌다. 그의 앞에 서른한 해가 남아 있었다.

그는 사람들이 파리라고 부르는 프랑스의 도시에 살았다. 그 도시는 그야말로 '도시'였다. 소리들과 빛들의 교향악이었다.

사람들에게 그는 음악가로 알려졌다. 그러나 그는 단순한 음악가 이상이었다. 그는 거의 신적인 천재였다. 남몰래 지극히 숭고한 오페라를 작곡하여 하늘에 자신을 보여주고 하느님께 말을 걸고 싶어했다.

2

바이올린의 대가가 되려면 두 가지 능력이 필요하다. 소리를 주의깊게 들을 수 있어야 하고, 이해할 수 있어야 한다.

요하네스에게는 두 가지 능력이 있었다. 자신의 악기 소리를 주의깊게 들을 수 있었다. 그리고 악기 소리가 자신의 내면에서 떨릴 때 들을 수 있었다.

새벽부터 일몰 때까지 날마다 그는 예술에 전념했다. 너무 열중한 나머지 자신의 감정들에 귀기울이며 하루 내내 눈 감고 지낼 때도 있었다. 자기 자신과 음악에 빠져 있었지만 요하네스는 누구보다 세상을 잘 볼 수 있었다. 마음이 빛을 향해 열려 있었기 때문이었다.

3

다섯 살 때 우연한 만남으로 요하네스 카렐스키는 바이올린을 사랑하게 됐고 인생이 결정됐다.

어느 여름 아침, 파리 튈르리Tuileries 공원에서, 한 집시 바이올린 연주자가 그를 행복의 언어에 입문시켰다.

요하네스가 커다란 수반水盤 근처에서 바이올린을 켜고 있을 때, 검은 머리에 수염 있는 사내가 굽은 길모퉁이에서 나타났다. 도중에 멈춰선 사내가 말없이 가방에서 바이올린을 꺼냈다. 키가 너무 커서 악기가 장난감처럼 보였다. 등장인물의 모습에 이끌려 구경꾼 몇이 금방 주변에 모여들었다. 요하네스도 모습에 홀려 다가갔다.

집시는 발로 박자를 맞추며 아주 신나는 곡을 연주했다. 어린 요하네스는 입을 벌린 채 유령을 보듯 떠돌이 음악가를 뚫어지게 쳐다봤다. 처음 듣는 음악에 취해 한동안 꼼짝 않고 있었다.

집시가 대단한 바이올린 연주자는 아니었을 것이다. 제대로 된 음악 교육을 받은 적도 없었을 것이다. 그러나 엄청난 영혼의 힘을 갖고 있어서, 악기로부터 뿌리째 뽑아낸 음들이 심장에서 뽑아낸 것 같았다. 악기의 비명에 연주자의 음성이 들어 있었다. 음성 속에는 세상 모든 집시들의 뿌리 뽑히는 고통들이, 행복과 기쁨의 외침들이 들어 있었다. 요하네스는 그 음성을 이미 알고 있었다. 그래서 누구보다 잘 이해할 수 있었다. 그는 바이올린의 소리가 무엇인지 알게 되었다.

집시도 바이올린의 소리를 알고 있었다. 그리고 요하네스가 자기와 같은 과科라는 걸 알아보았다. 요하네스도 음악가들의 영혼들의 나라의 일원이었다. 그는 아이를 바라보았다. 그리고 아이를 위해 서정과 아름다움이 가득한 폴로네즈를 연주하기 시작했다. 그 곡은 소수의 전문가만 이해할 수 있는 독특한 울림을 지니고 있었다. 요하네스는 그 음악이 자신의 언어임을 알아차렸다. 이미 구사할 수 있던 유일한 언어였다. 그 언어만이 그와 세계를 영원히 연결해줄 것이었다. 주의깊게 들으며 그는 전언傳言을 읽었다. 집시는 연주만을 하는 것이 아니라 자신의 삶을 들려주고 있었다. 아이는 눈을 감고 몽상 속으로 들어갔다.

보헤미아 지역의 길들이 보였다. 눈 쌓인 전나무들과 불가에 불침번들이 보였다. 여자들이 춤추고 있었다. 마을들을 떠도는 것, 고통이라는 것, 궁핍과 배고픔, 추위와 외로움, 모욕이 무엇인지 알게 되었다. 열리는 문이 주는 위안, 집안의 따뜻함, 주고받는 미소, 마을 사람들의 인정, 마음에 다시 온기를 주는 음악, 웃음들, 가끔 생겨나는 사랑에 대해서도 느끼게 되었다.

요하네스는 그 모든 것을 보았다. 그 모든 것이 그의 눈에 보였다.

연주를 마친 집시는 동냥을 했다. 쇠그릇이 몇 번 은빛 소리를 냈다. 집시는 아이에게 다가와 무릎을 꿇고 머리를 부드럽게 쓰다듬었다.

"꼬마야. 너의 열중하던 눈빛이 내게 가장 많은 것을 주었단다."

그렇게 말하고 그는 왔던 것처럼 사라졌다.

그날 이후 요하네스는 자신에게 음악이 운명이라는 것을 알았다.

두 해가 지나고 요하네스는 바이올린 연주자가 되었다.

4

정확히 말하면 요하네스는 스승 없이 배웠다. 초보만은 몇 분이 도와주었다. 아주 어릴 때부터 요하네스는 혼자 연주했다. 심지어 악보도 없이 혼자였다. 연주하는 것이 행복해서 연주했다. 그는 다른 아이들과 달랐다. 그도 선생님들을 따라 했다. 그들의 기술을 배웠다. 하지만 존재 깊은 곳에서는 이미 바이올린의 대가였다. 그는 손으로 연주하지 않고 마음으로 연주했다.

가르친 지 얼마 안 돼서 선생님들은 가르칠 것이 없음을 깨달았다.

그들 중 한 명이 어머니에게 말했다. "레슨을 계속할 필요가 없습니다. 이미 아는 것을 가르칠 수는 없지요."

카렐스키 부인은 음악에 대해서는 아무것도 몰랐고, 그 음악가의 말을 믿었다. 얼마 전 남편이 죽고 돈이 부족하던 터여서, 아들 덕에 돈 버는 길을 택했다.

그리하여 요하네스는 파리의 생루이Saint-Louis 섬에 있는 성당에서 일곱 살에 처음으로 연주하게 되었다.

그날 밤 청중은 만원이었다. 선생님들보다 뛰어나다는 아이의 연주회가 열린다는 소문이 삽시간에 퍼졌고, 모두들 연주를 듣고 싶어했던 것이다.

오케스트라가 먼저 교향곡을 연주했고 이어서 요하네스 차례였다. 예복 입은 그가 나타났다. 검은 머리는 어깨까지 내려와 있었고, 커다란 푸른 눈은 꿈꾸는 듯했다. 웅성거리는 소리가 청중을 한 바퀴 돌았다. 청중 몇은 크게 실망한 표정이었다. 아이는 너무 약해 보였고 사라질 듯 보였다. 저렇게 어린아이가 어떻게 연주를 한단 말인가?

요하네스는 손에 바이올린을 들고 수줍게 걸어나와 무대에 올랐다. 어깨와 턱 사이에 바이올린을 괴고 연주를 시작했다. 처음 몇 음만으로도 사람들은 그가 보통 연주자가 아님을 알아차렸다.

연주를 하다가 아이는 눈을 감고 춤추기 시작했다. 손가락으로 줄을 짚을 때마다, 활을 켤 때마다, 율동할 때마다 내부에 있던 에너지가 해방되었다. 요하네스와 바이올린은 하나였다. 악기에서 태어난 음들이 순수하고 수정 같은 삶을 살다 사라지고 있었다. 어린 천재의 눈부신 연주에 청중은 매료되었다. 모두 전율했다. 몇 분 동안의 연주였지만 마지막 음까지 곡 전체가 감정으로 가득차 있었다.

연주가 끝나자 거대한 침묵이 나타났다. 이어서 기쁨의 폭발과 함께 갈채가 쏟아졌다.

음악회가 끝난 후 사람들이 어린 연주자에게 축하의 말을 하러 왔다. 운 좋은 이들은, 가장 열렬한 하객들 중에서 유명 예술가들을 볼 수 있었다. 그들 중 한 명이 어린 천재로부터 깊은 인상을 받은 나머지 카렐스키 부인에게 아들의 앞일을 맡겠다고 즉석에서 제안했다. 그녀는 거부하는 체하다가 머뭇거리더니 흥정을 시도했지만 결국은 못 이기는 척 제안을 받아들였다.

그날 이후 연주회들이 쉼없이 이어졌다. 대단한 성공이었다.

몇 달 후 파리의 살롱들에서는 같은 질문이 모든 입술 위에서 나왔다.

"신처럼 연주하는 그 아이는 어디서 왔죠? 그 신동은 도대체 누구죠? 요하네스 카렐스키는 정체가 뭐죠?"

그의 재능은 더이상 프랑스에만 담아 둘 수 없었다. 빈에서 마드리드에서, 유럽의 모든 궁정에서 그를 초대했다. 그림자처럼 따르는 엄마와 함께 아들은 유럽 전역을 돌아다녔다.

환대 속에 처음으로 방문한 국가 중 하나가 영국이었다. 성공은 따 놓은 당상이었다.

음악은 정치 문제들을 망각하게 하며 국경을 넘는 듯했다.

런던에서의 연주회도 소문이 파다했다. 일곱 차례나 열렸고 모두 예매만으로 매진됐다.

요하네스를 위해 열린 만찬에서 한 숙녀가 카렐스키 부인에게 진심으로 말했다.

"한마디로 아드님은 놀랍습니다. 친구들 사이에서도 자랑이겠어요."

카렐스키 부인은 감사를 표하고 형식적인 웃음을 지으며

답했다.

"제가 알기로 아들은 친구가 없답니다."

숙녀는 매우 놀란 듯했다.

"그 나이에 친구가 없다니요?"

"없어요. 직접 물어보시겠어요?"

영국 여자는 몸을 돌려 젊은 귀족 옆에서 몹시 따분해하던 아이에게 물었다.

"얘야, 너의 가장 가까운 친구는 누구니?"

요하네스는 망설임 없이 답했다.

"저의 바이올린입니다."

연주회 날 밤마다 요하네스는 아이로 돌아가서 외로움을 느꼈다. 이제 그를 모르는 사람이 없었는데 그는 어느 때보다 외로웠다.

5

성공은 10년 동안 이어졌다. 카렐스키 부인이 사망할 때까지. 어머니를 잃으며 요하네스는 인간 세상과 연결된 유일한 줄을 잃었다. 상실감은 깊은 슬픔이 되었다. 깊은 슬픔은 희미해져갔지만, 완전히 사라지지는 않았다.

유럽의 모든 궁정을 돌아다니며 재능을 보여주는 것에 지친 요하네스는 순회공연을 그만두고 파리에 정착했다. 그리고 매우 드물게 자선 음악회에서만 연주했다. 그의 나이

17세였다. 연주는 여전히 훌륭했지만 이제 기적이라고 할 수는 없는 나이였다.

군주들의 마음을 사로잡던 아이는 아주 빠르게 잊혔다. 격동의 시대에서 권력은 흔들리고 있었다. 사람들은 배가 고팠고 빠르게 음악에서 멀어졌다.

여러 해가 지났다.

생활비를 벌기 위해 요하네스는 어린 학생들에게 바이올린을 가르쳤다. 자신의 삶에 목표를 주기 위해 작곡을 시작했다.

이제부터는 진정 하고 싶은 것에 모든 것을 바치기로 했다. 그것은 오페라를 만드는 일이었다.

6

그러나 요하네스는 자신의 삶을 선택할 수 없었다. 1796년 초봄 요하네스의 삶을 결정한 것은 전쟁이었다.

그의 나이 31세였다.

그는 몽마르트르에 있는 지붕 밑 방에 살았다. 거기서 어느 3월 아침 소집 통지서를 받았다. 때늦은 눈이 고요하게 광장에 내리고 있었다. 시간은 걸음을 멈춘 듯했다.

건물 7층까지 올라온 집배원이 음악가의 문 앞에서 가쁜 숨을 내쉬고 있었다. 그리고 내키지 않는 듯 문을 두드렸다. 문을 열고 나온 요하네스는 집배원의 눈빛을 보고 안 좋은 소식이 온 것을 알았다.

"프랑스가 당신을 기다리나봅니다." 우체국 직원이 말했다.

그리고 주저하는 손으로 편지를 내밀었다. 요하네스는 눈빛을 바라보면서 편지를 받아 개봉했다. 편지를 읽고 얼굴이 창백해졌다. 고개를 들고 말했다.

"맞네요. 조국이 나를 필요로 하네요. 그런데 내가 줄 것이 무엇이 있을까요? 생명이 아니라면."

집배원의 작은 미소에서 요하네스는 동정심을 읽었다. 그리고 왠지 모를 불편함을 느꼈다.

잠시 후 내려간 카페에서 그는 소집 통보를 받은 다른 사람들을 만났다. 그들 중 몇은 스물아홉의 젊은 장군을 속히 따라가고 싶어했다. 그 젊은 장군은 바라스Barras 백작이 이탈리아 원정대를 맡긴 나폴레옹이었다. 모두 함께 압생트 한 병을 마셨다. 그리고 다시 한 병. 결국 세 병을 비웠다. 술을 마시며 여주인의 가슴을 힐끔거리기도 했다. 이내 여주인도 추파를 보내기 시작했다. 그들은 건배했다.

"보나파르트를 위해!"

"보나파르트를 위해!"

"이탈리아 군을 위해!"

요하네스는 건배하지 않았다. 모두에게 인사한 후 방으로 돌아왔다.

방에서 그는 어머니의 유품들을 오래 바라보며 추억들을 모으려 했다. 그리고 슬픔에 잠겨 침대에 누웠다. 술과 감정에 꺾여 잠이 들었다.

그는 오후 늦게 깨어났다. 파리 위로 저녁이 내리고 있었다. 도시는 조금씩 불을 밝히고 있었다. 그 풍경을 창을 통해 보았다. 모든 것이 조용했다.

그는 가방에서 바이올린을 꺼내 활에 송진을 바르고 연주를 시작했다. 매혹적인 음악을 들으니 옛날의 영광들이 떠올랐다.

그는 자신의 삶이 끝났다고 생각했다. 전쟁이 자신의 삶을 막아섰다고 탄식했다. 오페라를 완성할 수 없으리라고 생각했다.

그는 이제 어른이었고 꿈들과 계획들을 갖고 있었다. 그런데 전쟁이 그를 대신해 선택을 한 것이다.

7

카렐스키는 소집 장소인 니스에서 음악과 영광과 성공에 작별을 고했다. 혼란스러운 시대였지만 음악 덕분에 그는 전쟁에서 떨어져 있었다. 그러나 이번에는 피할 길이 없었다.

알프스를 돌아서 빈까지 강행군해야 하는 전쟁이었다.

군대는 1796년 4월 2일 아침에 움직였다. 이탈리아 작전이 개시된 것이었다.

이탈리아도 운명 같았다.

오페라의 고향. 듣기 좋은데다 특유의 높낮이가 있어 노래의 아름다움을 가장 잘 표현할 수 있는 언어. 요하네스는 슬픔이 섞인 기쁨을 느끼며 생각했다.

"이탈리아에서 살 수 있다니 운이 좋구나!"

하지만 그는 이탈리아에 살기 위해 가는 것이 아니었다. 죽으러 가는 길이었다. 그를 기다리는 것도 전혀 다른 음악이었다. 쏟아지는 총탄과 피와 죽음의 행진곡이었다.

8

전쟁이란 이런 것이구나. 끝없는 살육, 널린 주검, 부상병들. 입안의 피와 진흙 맛. 누더기를 걸치고, 더럽고 악취가 나며, 빵도 영혼도 없는 병사들. 고막을 찢는 소음으로 고통스러워 울부짖는 야단법석이 전쟁이구나.

바이올린의 선율로 삶을 위로해주던 음악은 없었다. 전쟁은 모든 것을 집어삼키려는 탐욕일 뿐이었다.

그의 전쟁은 2주로 끝났다. 4월 16일, 몬테노테Montenotte

전투가 시작된 지 얼마 되지 않아 요하네스는 끔찍하게 부상당했다. 앞줄에 있을 때, 한 오스트리아 기병의 칼날이 오른쪽 복부를 관통했다. 그 기병이 유탄에 맞아 칼을 놓쳤다. 그리고 자신이 칼을 꽂은 요하네스의 몸에 매달려, 이번에는 요하네스의 두 눈에 죽어가는 시선을 꽂았다. 그러고는 사람 소리 같지 않은 단말마의 소리를 지르고 천천히 미끄러져 쓰러졌다. 요하네스도 의식을 잃으며 무너졌다.

얼마 후 전투가 끝났고 무기들로 야단법석이던 곳에 침묵이 자리했다.

요하네스가 정신을 차렸을 때는 밤이었다. 안개가 전쟁터를 적시고 있었다. 달빛이 언뜻언뜻 그의 주변에 있는 음습한 형상들을 드러냈다. 일어나려 했으나 치골이 찢어지는 듯 통증이 있었다. 칼이 여전히 몸을 앞뒤로 꿰뚫고 있었다. 배 위로 솟아 있는 손잡이는 망자의 몸 위에 서둘러 세운 십자가 같았다. 몸을 조금만 움직여도, 몸이 조금만 흔들려도,

칼날이 상처에 더 깊이 박혔다. 추위에 피가 얼어서 출혈은 멈춰 있었다. 그러나 움직임이 조금이라도 과하면, 상처가 다시 열려 피가 흐를 것 같았다.

요하네스는 최후의 순간이 다가오고 있다고 생각했다. 포기할 수 있는 시간이었다. 그는 죽은 자들이 주변에서 춤추고 있는 잔인한 세상을 한번 더 물끄러미 바라보았다. 오스트리아 기병도 거기 있었다. 무기를 놓쳐버린 한 손은 절망적으로 둥글게 열려 있었다. 얼굴에는 죽음을 비웃는 듯한 표정이 있었다.

오른쪽 가까이에는 배가 갈라진 병사가 돌 위에 널브러져 있었다. 거기서 몇 걸음 떨어진 곳에는 말이 옆으로 누워 있었다. 미친 듯 달린 탓에 아직도 콧구멍이 축축하게 젖어 있었다. 좀더 먼 곳의 나뭇가지에는 포탄에 두 조각 난 보병이 걸려 있었다. 그리고 재와 연기와 부서진 마차들과 주인 잃은 무기들과 찢긴 몸들이 무대의 배경처럼 있었다.

멀리 담가병擔架兵*들이 보였다. 부상병들을 찾고 있었다.

그러나 쓰러져 있는 병사들은 대부분 깨어나지 않았다.

그들이 곁을 지나는 것을 요하네스는 보고 있었다. 부르고 싶었지만 바짝 마른 목에서는 소리가 나오지 않았고, 혀는 피에 담갔다 꺼낸 떫은 돌 같았다.

담가병들이 멀어져갔다. 그리고 다시 정적이었다.

요하네스는 마지막으로 달을 쳐다봤다. 배 위에서는 자신을 찌르고 있는 칼의 손잡이가 빛나고 있었다. 그는 눈을 감았다.

갑자기 공기 속에서 어떤 떨림이 느껴졌다. 바람이 내는 옷자락 소리 같았다. 바로 옆에 쓰러져 있는 척탄병의 제복을 바람이 들어올리는 소리인가? 아니면 벌써 죽음의 입김인가?

그는 눈을 떴다.

---

* 들것으로 사람이나 물건을 나르는 병사.

한 여인이 그를 들여다보고 있었다. 긴 검은 망토를 입은 기마병 차림이었다. 검은 암말 옆에서 고삐를 쥐고 움직임 없이 서 있었다. 처음 보는 여자가 그를 뚫어져라 쳐다보고 있었다. 그녀의 눈이 어둠 속에서 금빛 불꽃처럼 보였다.

어떻게 이곳까지 아무 소리 없이 다가올 수 있었는가? 오직 가벼운 떨림만이 그녀의 존재를 알려줬고 그녀가 현실이라는 표지였다. 이상한 무언가가 그녀로부터 발현되고 있음을 요하네스는 알아챘다.

그녀는 움직임이 없었다. 죽어가는 한 남자를 꿰뚫어보는 듯했다.

요하네스는 전율을 느꼈지만 공포까지 느끼기에는 죽음에 너무 가까이 있었다.

그녀가 움직였다. 말을 나무에 맨 후 수통을 들고 다가와 그의 머리를 세우고 물을 먹여줬다.

그리고 종말 같은 배경 속에서, 불안과 고통의 시간 속에서, 노래 부르기 시작했다. 노래가 너무 순수하고 매혹적이어서 요하네스는 아픔을 잊었다. 그녀는 오직 그를 위해, 오래 노래했다. 밤새 노래했을 것이다.

노래가 끝나고 그녀가 그에게 입맞춤했다. 입술들이 맞닿았을 때 요하네스는 꿈들의 나라로 되돌아갔다.

9

요하네스가 눈을 떴을 때, 참모 본부의 책임군의관이 그의 상처에 붕대를 감고 있었다. 요하네스의 얼굴로 마늘 냄새와 담배 핀 냄새를 내보내면서.

의사는 처치를 하며 장교와 대화를 나누고 있었는데, 석유램프 빛에 장교 얼굴이 드러나보였다.

“이제 괜찮겠소?”

“전쟁에 더이상 참여할 수 없을 겁니다, 장군님. 영웅이 되겠죠. 오늘밤을 넘기지 못하고 전사할 것 같습니다.”

요하네스가 의사 팔을 잡고 숨을 몰아쉬며 말했다.

"바로 죽고 싶습니다! 너무 고통스러워요! 고통받지 않게 해주세요!"

의사는 요하네스의 손을 잡고 안심시키려 했다.

"애쓰지 마세요. 그렇게 해드릴 수 없습니다. 하지만 곧 돌아가시게 될 거예요. 제 말을 믿으세요."

"더는 살고 싶지 않습니다. 더는 싸우고 싶지 않다고 장군님께 말씀 전해주세요. 저는 죽었다고 보나파르트에게 말해주세요."

의사가 이마의 땀을 닦아주었다. 그리고 고개를 들어 곁에 있는 장교를 쳐다봤다. 눈이 간청하는 듯했다.

"장군님, 부탁드립니다, 환자에게 한말씀해주세요."

장군이 환자를 차갑게 바라보며 말을 던졌다.

"용기를 내야지! 용기를! 죽음에 맞서고 적에도 맞서야지!"

의식을 잃은 요하네스는 보나파르트의 말을 듣지 못했다.

10

요하네스 카렐스키는 전쟁 영웅이 되지 못했다. 그는 죽지 않았다.

이튿날에는 의식을 되찾았고 그다음 날에는 고비를 확실히 넘겼다.

그는 전방에서 후송되어 후방의 부상병들과 함께 지내게 되었다. 몇 달 동안 요양을 하며 조금씩 힘을 되찾았다. 그 몇 달 동안은 상처가 회복되기만 기다렸다. 그러나 마음 깊은 곳에서는 결코 아물 수 없는 상처였다.

이탈리아 원정대는 승승장구했다. 전투들이 이어졌고 적은 크게 패했다. 하지만 내륙을 향해 끝없이 전진하면서 의무 막사는 날마다 부상병들로 넘쳐났다. 멀리서 수류탄 터지는 소리들이 들렸다.

가끔 저녁때 요하네스는 동료들을 위해 연주했다. 누구보다 죽어가는 병사들과 부상병들을 위한 연주였다. 이따금 사제가 와서 임종을 맞는 병사를 위해 연주를 부탁했다. 특히 그때는 깊은 슬픔의 순간들이었다. 음악이 해줄 수 있는 것이 거의 없었다.

그러다가 요하네스는 담가병들과 함께 전쟁터들을 다니기로 결정했다. 언덕 위 달빛 아래서 부상병들을 위해 연주하기도 했다. 죽은 자들도 들을 수 있다는 생각을 하며.

상처가 다 나았을 때 요하네스는 전방의 자대로 복귀했다. 그곳은 살아 있는 자들의 세상, 건강하고 튼튼하다못해 대부분 담금질 된 강철로 만들어진 사내들의 세상이었다. 전쟁의 참화로 무감각해진 사내들이었다.

첫날 밤 막사 안에서 그는 바이올린을 들고 연주했다. 동료들이 그를 무섭게 쏘아봤다. 그들이 듣는 전쟁의 소리는 전혀 다른 것이었다. 일제 사격 소리와 싸움의 격렬함에 익숙한 그들의 심장에 부드러움을 위한 자리는 없었다.

"그만둬!" 그들 중 한 명이 소리 질렀다.

"우리를 울게 할 참이야? 나팔 소리가 낫겠어!"

바이올린의 활이 공중에 멈춰 있다가 줄들의 울림을 끄며 줄들 위로 내려앉았다. 요하네스는 말없이 침대로 와서 누웠다.

이튿날 잠에서 깨었을 때, 그는 부서져 있는 바이올린을 침대 발치에서 보았다. 누구 짓인지 알 수 없었다.

아무에게도 그 일에 대해 말하지 않았고, 누가 그랬는지 찾으려 하지도 않았다.

바이올린을 부순 것처럼, 전쟁은 결국 그도 부수리라는 것을 알고 있었다.

11

1797년 5월 16일, 프랑스 군대가 베네치아에 입성했을 때 도시는 침묵이 점령하고 있는 듯했다. 도시의 아름다움과 부동성不動性 앞에서 인간들이 저지르는 약탈과 소란과 분노가 뚜렷하게 보였다. 요하네스는 골목들에서 풍겨나오는 고요함에 깜짝 놀랐다. 거의 일 년 동안 맛보지 못했던 평화의 등장에 깜짝 놀랐다.

'가장 고귀한 베네치아 공화국La Sérénissime République'으로 불리던 베네치아 공화국은 천백 년 동안 야만인들의 침입에 저항했을 뿐 아니라, 강한 해양 세력으로서 동양까지 지배력을 뻗쳤었다. 그러던 공화국이 갑자기 유럽 지도에서 지워졌는데, 공화국을 점령할 무장 외국인들이 지금 들어선 것이다.

책임군의관에게 카렐스키가 말을 걸었다. "베네치아는 도시가 아닙니다. 바닷가에 놓인 한 편 꿈이지요."

부상당한 후 처음이었다, 전쟁이 준 것 같은 약간의 기쁨을 느낀 것은. 꿈꿔왔던 도시에 승자로서 들어서는 기쁨이었다.

오랜 세월의 저편에서 와서 경탄을 부르는 것들, 번쩍이는 금들, 수많은 걸작들. 더럽고 냄새나며 피곤에 찌든 사내들의 눈에 그것들은 확실히 어떤 꿈이 만든 작품처럼 보였다.

도시의 고요함을 들어본 후 요하네스는 소리쳤다.

"내가 그려왔던 바로 그 베네치아로구나!"

사실은 그 베네치아가 아니었다. 하지만 그는 전혀 모르고 있었다.

베네치아는 훌륭한 배였다. 그러나 사방에서 물이 들어오고 있었다.

베네치아는 아름다웠다. 금과 보석, 그림들과 궁들, 고요와 물이 넘쳐흘렀다. 며칠 동안 나폴레옹의 대군은 금과 보석과 그림들을 약탈했다. 궁들을 점령하고 고요를 깨뜨렸다. 그러고는 유럽의 다른 지역을 향해 떠났다. 빈을 향하고 있던 나폴레옹은 베네치아에서 지체하고 싶어하지 않았다. 한니발의 군대가 카푸아Capua에서 게을러진 바람에 전쟁에서 패한 사실을 알고 있었다.

진지를 거둔 군대가 도시 경계를 벗어났다. 소수의 부대만이 점령군으로 남았다. 요하네스 카렐스키도 자대와 함께 남았다.

그는 앞으로 반년 동안 세상에서 가장 고요한 도시에 머무르게 될 터였다. 음악을 되찾을 수 있는 최적의 장소였다.

오페라를 쓸 수 있도록 하늘이 마련해준 장소였다.

12

그는 산마르코San Marco 광장의 지척에 있는 모세Mose 거리의 한 저택에 묵게 되었다. 노인이 주인이었다.

군인 숙박권을 내밀며 자신을 소개하면서 요하네스는 전쟁이 불공평하다고 생각했다.

"요하네스 카렐스키라고 합니다. 처음 뵙겠습니다."

"에라스무스Erasmus라고 하오. 무슨 일이시죠?"

"저는 프랑스 사람인데, 베네치아에 머무를 동안 댁에 묵게 되었습니다."

노인은 입을 다물었다. 몸이 굳어버린 듯했다.

"느닷없는 방문에 불쾌하지 않으셨으면 합니다. 방해하지 않도록 최대한 조심하겠습니다." 요하네스가 말했다.

그제야 노인이 살짝 웃었다. 작은 미소였지만 요하네스의 마음을 기쁘게 하는 데 충분했다.

"그렇게 말해주니 고맙습니다. 나는 전쟁에 관심을 갖기에는 너무 늙었어요. 물론 나도 보나파르트에 대해 말하는 것을 들었습니다. 이제 프랑스가 베네치아를 점령했으니 나 역시 복종할 수밖에요."

노인은 훌륭한 프랑스어로 말한 후 요하네스가 안으로 들어올 수 있도록 길을 비켜주었다. 요하네스는 고개 숙여 감사를 표하고 이번에는 자신이 미소 지었다.

"어디에서 프랑스어를 배우셨나요?"

"파리에서 배웠죠, 아주 오래전에."

"혹시 실례가 되지 않는다면, 파리에서 무슨 일을 하셨는지 여쭤봐도 될까요?"

"내가 하는 일을 했어요. 나는 바이올린을 만드는 사람입니다."

이 말에 요하네스는 노인을 처음 본 것처럼 바라보았다.

"바이올린을 만든다고 하셨나요?"

"그렇소. 이상한가요?"

"전혀요. 우리가 만난 것이 우연이 아니라고 생각했습니다."

13

매일 조금씩 더 바다로 가라앉는 베네치아. 그 고요한 뗏목에는 음악적 영혼들이 많았다.

요하네스 카렐스키의 영혼도 있었다.

에라스무스의 영혼도 있었다.

전쟁의 영혼도 있었다.

두 남자는 전쟁의 영혼의 음악에 대해서는 한마디도 말하지 않았다.

매일 아침 요하네스는 바이올린 장인의 집에서 나와 거의 마지못해 부대에 복귀했다. 거기에서 그는 정말 권태를 느꼈다. 보통은 아무 일도 하지 않고 있었다. 이따금 서류 양식들을 채워넣는 일이 주어졌는데 그때는 더욱 권태를 느꼈다.

6월 4일은 성령강림대축일이라 산마르코 광장에서 화려한 축제가 열렸다. 이탈리아 장교들과 프랑스 장교들이 어울렸다. 베네치아의 깃발들이 내려지고 프랑스의 삼색기들이 걸렸다. 축제가 끝날 무렵에는 베네치아 권력층의 명부와 최고 지도자의 권력을 상징하는 물건들이 태워졌다.

라 페니체La Fenice 극장에서는 훌륭한 오페라 공연이 예정되어 있었다. 오페라 공연은 장려함과 사치의 과시였다. 무대는 다양한 색의 비단들, 금실과 은실로 짜인 비단들, 레이스들로 흘러넘쳤다. 새 주인 아래서 베네치아는 행복하고자 애썼다.

요하네스는 그 모든 축제에 강요되고 강제되어 참석했다. 그는 전쟁의 참화와 무절제에 진저리가 나 있었다. 자신의 의무만 마치면 동료들과의 술자리는 피하고, 서둘러 에라스무스의 집으로 돌아오곤 했다.

서로 마주앉은 첫날 밤 요하네스가 질문을 했다.

"이제 오스트리아 사람에서 프랑스 사람이나 이탈리아 사람으로 바뀌실 텐데 걱정되지 않으시나요?"

바이올린 장인은 작업대에 몸을 기울이고 무한한 정성으로 바이올린의 앞판을 연마하고 있었다.

"나의 진정한 나라는 음악이오. 그러니 크게 신경쓰지 않습니다. 하지만 당신은 전쟁의 인간이니 내 말을 전혀 이해하지 못하겠죠."

"아닙니다. 저는 불행에 의해 군인이 되었습니다. 사실 저도 음악을 합니다."

놀란 에라스무스가 고개를 들어 요하네스를 바라보았다.

"어떤 악기를 연주하시오?"

두 사람은 말없이 오랫동안 서로를 뚫어지게 바라보았다. 그러다 장인은 두 손에 들고 있던 앞판에 광택을 내기 시작했다.

"바이올린입니다."

말을 듣자마자 장인은 동작을 멈췄다. 말을 하면서 요하네스의 목소리는 떨리고 있었다. 노인은 자신의 검은 눈을 요하네스의 눈 속에 담고서 그가 진실을 말하고 있음을 알았다. 작업대 위에 걸려 있던 악기를 요하네스에게 건네며 말했다.

"어디 들어봅시다."

몇 달째 바이올린을 만지지 않았던 카렐스키는 천천히 나무 향을 음미하고, 여인을 애무하듯 오래 악기를 쓰다듬었다. 그리고 우아하고 정확하게 턱과 어깨 사이에 바이올린을 괴고, 활을 들고 연주를 시작했다. 부드럽게. 그리고 점점 더 빨리. 현기증이 날 때까지. 짧고 훌륭한 연주였다. 초자연적인 속도로 피치카토 주법을 연속으로 보인 후에 연주는 마무리되었다. 그는 잠시 움직이지 않았다. 눈을 감고 행복감에 떨며. 음악에 취한 듯했다.

눈을 뜨자 자신을 강렬하게 바라보고 있는 노인이 보였다. 노인은 말을 잃은 듯했다. 소파에 붙박여 있었다. 그러다 미소짓기 시작했다. 어느 정도 시간이 흐른 후 감탄을 표했다.

"음악의 나라에 오신 것을 환영합니다! 에라스무스의 집에 오신 것을 환영합니다!"

14

의심할 것 없이 바이올린의 장인 에라스무스의 집은 베네치아에서 가장 오래되고 가장 불편한 거처였다. 그러나 그 집은 가장 잘 단련된 영혼의 집이었다. 석호潟湖의 수면보다 낮은 골목에 있기 때문에, 베네치아가 물에 잠기면 가장 먼저 사라질 집이었다.

에라스무스는 살아가는 데 필요한 것이 거의 없었다. 심지어 음악을 먹으며 사는 것 같았다. 하지만 어느새 요하네스가 없으면 살 수 없게 되었다.

에라스무스에게는 세 가지 자랑거리가 있었다. 묘한 소리를 내는 검은 바이올린 한 대. 그가 마법에 걸렸다고 말하는 장기판 하나. 오래된 증류주 한 병. 노인에게는 또한 세 가지 특별한 재능이 있었다. 누구도 부정할 수 없는 베네치아 최고의 바이올린 장인이었고, 장기에서 진 적이 없었다. 그리고 이탈리아에서 가장 독특한 증류주를 만들었다. 증류기는 작업장의 뒷방에 있었다. 매일 아침 그는 바이올린을 고치거나 만들었다. 오후에는 증류를 했다. 저녁에는 장기를 두었다. 어느 때나 그의 세 가지 열정이 만든 도취 상태였다.

그는 언제나 취해 있었다. 음악에 취해 있거나, 술에 취해 있거나, 장기에 취해 있었다.

취한 그는 말을 했다. 계속 말을 했다. 바이올린에 대해 말하지 않으면 증류주에 대해 말했다. 증류주에 대해 말하지 않으면 장기에 대해 말했다. 장기에 대해 말하지 않으면 음악에 대해 말했다. 그리고 음악에 대해 말하지 않을 때 말을 그쳤다.

바로 그곳, 친구가 된 노인의 작업장에서, 매일 밤마다 팽팽한 장기를 두는 내내, 카렐스키는 오페라를 쓰는 데 필요한 영감을 길어냈다.

15

"증류주 만드는 일이 재미있나요?"

어느 날 저녁 카렐스키가 친구에게 물었다.

"취하게 하지!"

장기판에서는 검은 어릿광대가 여왕을 보호하고 있었다.

"한 방울 좋은 증류주를 얻으려면 사랑과 시간이 필요하다네."

요하네스는 잠시 고개를 들고 에라스무스를 똑바로 바라보며 천천히 반복했다.

"사랑과 시간……"

그리고 그는 기사騎士를 움직였는데 그만 왕이 무방비 상태가 되었다. 에라스무스는 놓치지 않고 그를 궁지로 몰았다. 세 수를 더 두자 외통수에 걸렸다.

"많이 필요한가요, 사랑과 시간이?"

"너무 많아도 너무 적어도 안 되지. 해마다 다르다네. 자, 장군일세!"

노인은 일어나서 잔 두 개에 꿀빛 술을 따른 후 한 잔을 바이올린 연주자에게 주었다.

"맛보게, 요하네스! 첫 모금은 불이지! 두번째는 비로드 같네! 세번째 모금은 꿈이라네!"

카렐스키는 정확히 세 모금을 마셨다. 일부러 천천히. 바이올린 장인은 아버지의 눈으로 지긋이 바라보고 있었다.

"시간은," 에라스무스가 무심결에 말했다.

"내게는 많지 않아…… 사랑은……"

그는 입술을 꾹 다물었다. 그러다 얼굴을 찌푸리더니 길게 한숨을 쉬었다.

16

"장기가 재밌으세요?" 이튿날 요하네스가 물었다.

"매력 있지! 장기를 제대로 두려면 약간 미쳐야 하네. 64개 흑백 사각형의 장기판이 의식에 나타나고 나타나야 하네, 이성을 잃을 때까지. 광기를 요구하는 유일한 게임이라고 할 수 있지. 그런데 바로 그 이유로 나는 장기를 둔다네."

"장기를 둘 수 있을 만큼 제가 미쳤는지 모르겠네요."

"자네가 나처럼 54년 동안 매일 밤 상상의 맞수와 장기를 둔다면 그렇게 되겠지. 확실하이."

사실 요하네스는 술에도 장기에도 관심이 없었다. 오직 에라스무스를 즐겁게 하기 위해 술에 대해 장기에 대해 말했을 뿐이었다. 그의 관심은 오로지 음악이었다. 그가 실제로 궁금했던 건 무엇보다 작업대 위에 벽에 걸려 있는 검은 바이올린이었다. 너무 아름답고 너무 불안하게 하고 너무 인간적이어서 거의 살아 있는 것처럼 보이는 바이올린이었다.

17

"검은 바이올린을 연주하는 것이 재밌으세요?"

세번째 날 요하네스가 물었다.

에라스무스가 고개를 들었는데 얼굴빛이 약간 창백했다.

"그 바이올린은 단 한 줄도 스치지 말게."

"왜요? 연주하기에는 형편없나요?"

"정반대일세! 내가 아는 최고의 악기네. 단 하나의 숨결에도 반응하지. 다만 악기에서 나오는 음악이 너무 묘한 것이 연주자의 인생을 바꿀 수 있기 때문이네. 행복이 그러하

듯. 한번 행복을 맛보면 행복의 낙인이 찍히지. 검은 바이올린도 마찬가지일세.

"연주는 해보셨나요?"

"단 한 번. 아주 오래전에. 그때 이후 다시 만지지 않았네. 사랑 같네. 한번 사랑을 맛보면—진짜 사랑 말일세—결코 잊을 수 없지. 인생에서 단 한 번 행복한 것보다 비참한 것은 없네. 나머지는 모두, 사소한 것조차, 커다란 불행이 된다네.

18

그날 밤 방으로 돌아왔을 때 요하네스는 자신의 오페라 악보에 음표를 몇 개 주었다. 그리고 잠자리에 들어 검은 바이올린 꿈을 꿨다.

다음날 깨어나 무심히 악보를 보았을 때 그는 이상한 일이 일어났음을 알았다. 악보 노트가 구입했을 때처럼 백지였던 것이다. 작업한 것이 모두 간밤에 사라진 것이다.

요하네스는 멍해져서 한동안 생각을 할 수 없었다. 지난 밤 대화와 꿈이 기억났다. 대화도 꿈도 모두 마음을 흔드는 것이었다. 생각보다 더 오래 꿈꾼 것인가? 노트에 쓴 적이 없는 것인가?

낮 동안은 일을 하느라 더는 생각하지 않았다. 저녁이 되어 집에 돌아와 작업장에 들어섰을 때 벽에 걸려 있는 검은 바이올린이 눈에 들어왔다.

그때 요하네스는 검은 바이올린이 원인이라는 것을 깨달았다. 그의 이성이 받아들이건 말건.

19

며칠 후 요하네스는 자신에게 오는 영감靈感과 자신 안에서 자라고 있다고 느끼는 내면의 음악에 대해 에라스무스에게 말했다. 알 수 없는 이유로 그 음악을 옮겨 적을 수 없다고 말했다. 에라스무스가 물었다.

"자네가 자주 말하는 오페라, 곧 들을 수 있나?"

요하네스는 놀랐다. 너무 당황해서 한마디도 하지 못했다. 에라스무스가 자신의 음악에 대해 처음으로 언급했기 때문이었다. 지금까지 에라스무스는 말을 들으며 고개를 끄

덕이기만 했다. 진정으로 이해하려는 노력 없이 듣는 것 같았다.

노인이 다시 물었다.

"작곡이 언제 끝나는지 궁금하네."

"답하기엔 아직 이릅니다만, 잘 진행된다면 한두 달 후일 겁니다."

두 달 후 노인이 다시 물어왔다.

"악보는 모두 몇 쪽이 되겠나?"

요하네스는 세상에서 제일 진지하게 대답하는 자신의 목소리를 들었다.

"백육십칠 쪽입니다."

"음표는 모두 몇 개가 되겠나?"

"쉼표를 제외하고, 만 칠천육백스물 세 개입니다."

"지금까지 얼마나 작곡했나?"

요하네스는 대답하지 않았다.

사실 그의 오페라는 아무리 작곡을 해도 현실에는 없는

것이 되었기 때문이었다.

20

요하네스는 오랫동안 고백을 망설여왔다.

그러다 어느 저녁 참지 않고 말했다. 일곱 번이나 노트를 채워갔는데, 일곱 번 모두 오페라가 사라진 것이다.

식사중이었다. 발폴리첼라Valpolicella산 적포도주를 끼얹으며 익힌 암꿩 한 마리를 나누고 있었다. 시월 초였다. 태양이 석호 위에서 조금씩 더 일찍 저물었다. 아름다운 계절의 죽음과 겨울의 첫 안개들의 도착이 아니라면 특별히 기념할 것은 없었다. 이탈리아 토양의 향내를 간직한 포도주는, 빠르게 사라진 열기와 풍요의 부드러운 잔존殘存 같았다.

요하네스가 드디어 마음의 짐을 덜어내려 할 때 에라스무스가 앞서 말했다.

"할말을 하게나."

젊은이는 한동안 자신의 접시를 굽어보다가 고개를 들고 답했다.

"어떻게 알았어?"

요하네스가 처음으로 말을 놓았다. 말을 놓은 것이 에라스무스의 마음을 상하게 하지 않았다. 오히려 두 사람은 어느 때보다 서로를 가깝게 느꼈고, 말없음으로도 충분히 모든 것을 이해할 수 있을 것 같았다.

"어려울 거 없어. 걱정으로 가득해 보였으니. 무슨 일인지 말해봐."

요하네스는 포도주를 한잔 마셨다. 그리고 노트 이야기를 짧게 설명했다.

"꿈을 꿨구나. 그런 이야기들은 꿈속에서나 가능해."

"아니, 그렇지 않아. 뭔가 작곡을 방해하는 것이 있어."

"마법에 걸렸다는 건가?"

요하네스는 검은 바이올린을 말할 뻔했다. 그러나 마지막 순간에 마음을 바꿨다.

"그럴지도 몰라."

요하네스는 노인의 등뒤에서 검은 바이올린을 느꼈다. 마음이 이상하게 흔들렸다.

"기다려야겠군." 에라스무스가 식사를 마치고 소파로 가며 말했다.

노인 앞에 놓여 있는 장기판에서 검은 기사가 여왕을 보호하고 있었다. 요하네스도 자리를 옮겨 바이올린 장인 앞에 앉았다. 노인은 증류주 병을 꺼냈다. 두 사내는 지난밤 중단한 장기를 마저 두었다.

"무엇을 기다려야 한다는 거야?"

"뭔가 일어나기를 기다리는 거지."

"그게 무슨 말이야?"

"소망한다고도 말하지. 어느 날 너는 오페라를 쓸 수 있을 거야. 그리고 연주할 거야. 어쩌면 단 한 번, 너를 위해서만. 어쨌든 너는 연주할 거야. 희망이라는 것이 없다면, 지상에서 행복은 없어."

요하네스는 에라스무스의 말을 천천히 반복했다.

"…… 지상에서 행복은 없다 …… 하지만 꿈속에는 행복이 있어! 너에게 말하지 않은 게 있어. 어느 밤, 내가 전장에서 부상당한 그 잊을 수 없는 날 말이야. 한 여인이 나를 보러 왔어. 내 생각에는, 꿈속이었지. 그날 이후 그녀 꿈을 자주 꿔."

"그 꿈이 현실이 될 때까지 기다려. 그때 너는 해방될 거야. 기다리면 돼. 꿈은 언제나 이루어져."

"오래 걸릴까?"

"시간은 중요치 않아. 금방 이루어질 수도 있고 몇백 년 걸릴 수도 있지. 중요한 건 시간이 아니야. 기다리면 틀림없이 해방된다는 것이 중요해."

"틀림없이?" 요하네스가 물었다.

"그럼!" 에라스무스가 답했다.

요하네스는 한숨을 쉬고 말을 움직였다. 검은 여왕을.

"내게 인내심이 있는지 모르겠어." 그렇게 말하고

그는 기다리기로 결심했다.

21

다음날, 매일 두다 마는 장기를 이어서 두면서, 에라스무스가 말했다.

"너의 오페라 말이야, 쓰기 전에, 살아야 해."

요하네스가 말했다. "맞는 말이야. 그 생각을 못했네. 산다는 것이 쓸모 있다는 생각 자체를 못했으니."

"너의 삶을 재밌게 만드는 법도 알고 있어."

"그래? 어떻게?"

"이유가 있어서 자주 찾아오는 꿈을 찾아봐."

"어디에서?"

"꿈은 이 세상 거의 모든 곳에 있을 수 있지만, 그 어디보다 네 안에서 찾아봐."

어리둥절해진 요하네스가 고개를 들고 바이올린의 장인을 바라봤다. 그러다 별생각 없이 어릿광대를 뒤로 일곱 칸 이동했다.

"모든 영혼은 자신의 꿈을 갖고 있어. 그래서 너도 밤에 미지의 아름다운 여인을 꿈꿀 수 있는 거야."

"꿈에 아름다운 것이 있다면 꿈에 한계가 없고 꿈이 모든 것을 허용하기 때문이지."

"물론. 꿈에서는 모든 것이 가능하지."

"꿈에서 아름다운 것이 현실이 되게 하려면 어떻게 해야 해?"

에라스무스는 즉답하지 않았다. 한동안 장기판을 들여다보다가 여왕으로 어릿광대를 잡았다. 그리고 샷잔에 증류주를 가득 담아 마셨다. 이어서 벽에 걸린 검은 바이올린을 바라보았다. 그러다 마침내 요하네스 쪽으로 몸을 돌려 말했다.

"꿈을 부숴야겠지."

22

1797년 11월 어느 일요일, 베네치아에 눈이 내리던 날, 요하네스는 산자카리아San Zaccaria 성당의 저녁미사에 참석했다. 그리고 하느님의 집에 혼자 머물렀다. 무릎을 꿇고 기도 속에 들어 있었다.

그때였다. 한 여인의 목소리가 천천히 커지고 있었다. 섬세하고 아름다운 노래였다. 온몸에 소름이 돋았다. 천상의 목소리였다. 듣다보면 하느님을 향할 수밖에 없는 목소리였다.

어디서 오는 목소리인지, 누구에게 보내는 노래인지 알 수 없었다. 그랬다. 그는 아무것도 알 수 없었다. 다만 한 가지만은 확실히 알 수 있었다. 그 목소리가 몬테노테 전투의 밤, 그의 몸에 물을 주고 영혼에 노래를 주어, 그를 확실했던 죽음으로부터 구해낸 미지의 여인의 목소리와 꼭 닮았다는 것. 그토록 자주 꿈꾼 음악과 음색은 오직 그 숭고한 목소리에서만 있을 수 있었다. 그녀였다.

요하네스는 음악이 교회와 그의 영혼을 채우고 그의 몸과 정신을 통과하는 동안 숨을 멈췄다. 잠시 전만 해도 불가능하리라 생각했던 이 장면, 이 순간을 얼마나 자주 바라왔던가!

목소리는 하느님만을 찬양하지 않았다. 요하네스는 그녀가 자신을 위해서도 노래하고 있음을 알았다. 절대적 확신이 들었다. 목소리는 자신의 오페라의 목소리였다. 자신의 오페라는 그 목소리에 바쳐진 것이었다. 여인은, 미지의 사람은, 요하네스 안에 있는 꿈의 일부를 갖고 있었다. 요하네스도 그녀 영혼의 일부를 갖고 있었다. 그랬다.

요하네스는 무릎을 꿇은 채였다. 감정에 휩싸여 움직일 수 없었다. 기쁨과 행복에 몸을 떨었다. 감히 눈뜰 수 없었다. 눈을 뜨면, 매력과 목소리가 사라질 것 같았다. 그는 노래가 계속되길 바랐다. 좀더 기다려야 했다. 무언가 일어나길 기다려야 했다. 무언가 나타나서 자신 속에서 살고 자랄 때까지 기다려야 했다. 마치 잉태 같았다. 마치 출산 같았고, 출산의 고통 같았다. 그의 영혼의 한쪽이 고통과 기쁨 속에서 태어나고 있었다.

노래가 끝나고 그는 눈을 떴다. 주춤거리며 천천히 일어나 눈으로 미지의 여인을 찾았다. 아무도 없었다. 그림자도 없었다. 음악의 부재와 목소리의 결여만이 있었다.

혼자였다. 자신 속에서 목소리와 함께 혼자였고, 자신의 밖에서도 목소리와 함께 혼자였다.

다시 한번, 그녀는 그를 떠나갔다.

현기증을 느끼며, 그는 에라스무스의 집으로 도망치듯 돌아왔다.

23

성당의 목소리에 대해 말해주자 노인의 시선에서 빛이 반짝였다.

"너도 그녀를 만났구나. 너의 꿈도 부서졌구나."

첫번째 말없음이 나타났다. 요하네스가 놀란 것이다.

"그녀가 누군지 알겠어? 그 목소리가 무엇인지 알겠어?" 에라스무스가 물었다.

두번째 말없음이 나타났다.

"나는 두려워……"

두 사내의 시선이 벽의 한 지점에 꽂혔다.

"앉아 봐, 요하네스. 해줄 이야기가 있어."

젊은이가 앉았다. 에라스무스가 술을 따라주는 동안, 요하네스는 이제 나이 많은 대가大家가 검은 바이올린의 비밀을 털어놓으리라는 것을 알았다.

II

24

영혼이 광기에 가까워지곤 하는 성향으로 인해, 나는 단 하나의 존재 이유만을 갖게 됐는데, 그것은 음악을 삶으로 옮기는 것이었어. 사람들이 나에 대해 말하는 것을 듣고 싶었지. 에라스무스, 전 시대에 걸쳐 최고의 바이올린 장인. 나는 내게 타고난 재능이 있다고 생각했어.

이야기가 시작되는 당시 나는 일개 젊은이에 불과했지. 베네치아에서 멀리 떨어진 크레모나Cremona라는 도시에 살고 있었는데, 그곳이 바로 바이올린 제작 기술의 발상지야. 16세기 초 바이올린이 태어난 그 도시에서 나도 배웠지.

나의 직업은 바이올린 장인으로 정해져 있었지. 하지만 나는 다른 열망이 있었어. 더 크고 극단적인 것을 추구했지. 세상에서 가장 아름다운 바이올린을 만드는 것. 완벽한 바이올린. 소리가 너무 숭고하여 연주자가 하늘에 말을 걸고 하느님과 소통하게 될 것 같은.

25

어려서부터 나는 음악을 좋아했고 섬겼지. 음악을 섬김으로써 하느님을 섬길 수 있기를 바랐지. 허영심에서 그런 것이 아니었어. 내게 특별한 재능과, 남다른 의지와, 천재들이나 광인들에게만 더해지는 영혼이 있음을 믿게 되었거든. 알다시피, 천재들의 그 영혼과 광인들의 그 영혼은 거의 같은 것이지.

기술 연마가 아닌 것에는 한시도 마음을 주지 않았어. 음악을 위해 일어나고 먹고 걷고 자고 살았지. 어떤 특별한 음악을 나의 바이올린들에 가두고 싶어 했어.

그 완벽한 음악은 인간의 목소리였어. 한 여인의 목소리. 나는 나를 아는 것보다 그녀를 더 잘 알았지. 나의 목소리보다 그녀 목소리를 더 잘 알았어. 하지만 불행히도 그 목소리는 꿈속에서만 들리더군.

26

인간의 목소리와 닮은 소리를 내는 악기는 단 하나야. 바이올린이지. 활과 네 줄의 만남에서 나타난 떨림을 처음으로 느낀 후, 바이올린을 향한 나의 열정은 한결같았어. 바이올린은 목소리야.

어느 날, 아버지가 내 앞에서 파르티타partita 한 곡을 연주해주셨을 때, 내 존재가 깊이 흔들렸어.

나는 말씀드렸지.

"아버지, 바로 이것이 제가 하고 싶은 것입니다."

활을 내려놓으시자마자 말씀드렸어.

"바이올린 연주자가 되고 싶은 거냐?"

"그 이상입니다. 저는 인간의 마음에 말을 거는 바이올린들을 만들고 싶습니다. 세상에서 가장 아름다운 바이올린을 만들고 싶기까지 해요!"

이유는 알 수 없었지만 아버지는 굳은 표정으로 나를 뚫어지게 보셨어. 그러다 나의 바람에 호기심을 느끼셨는지 누그러진 표정으로 물으셨지.

"정말 바이올린을 만들고 싶다는 거냐?"

"네, 그렇습니다." 나는 단호한 어조로 말씀드렸어.

"좋다. 네게 소질이 있는지 알아보러 가자꾸나."

이튿날, 아버지는 나를 프란체스코 스트라디바리의 작업장으로 데려가셨지. 스트라디바리우스라고 불리는 그의 부친 안토니오가 돌아가신지 얼마 되지 않은 때였어.

27

프란체스코 스트라디바리는 보통 사람이 아니었어. 아는 것도 정말 많았지. 그러나 모든 면에서 자신의 아버지보다 떨어졌어. 이름 높은 아버지는 놀라운 천재였으니까. 내가 그의 도제徒弟가 된 해, 그의 가업은 이미 기울어 있었지. 일 년 후 프란체스코는 사망했어. 크레모나의 황금시대가 막을 내리고 있었던 거야.

프란체스코는 말수가 적었지. 기쁨과 고통을 바이올린으로만 표현했어. 아주 자주 연주했기 때문에 바이올린들의 제작 책임은 도제들에게 맡겨두곤 했지. 그래도 바이올린에 자기 이름을 서명했어. 높은 사람이 주문한 바이올린에는 아버지 이름을 서명하기까지 했지.

얼마 지나지 않아 당시 사회에서 힘있는 사람들은 아주 비싼 값을 치르고라도 스트라디바리우스를 소유하고자 했지. 궁정 오케스트라라 해도 스트라디바리우스가 없으면 무시당하기 십상이었고, 일급 독주자獨奏子들은 당연하다는 듯 스트라디바리우스가 없는 오케스트라에서의 연주를 거절했어. 그래서 왕들, 왕자들, 공작들은 진정한 후원자로서, 자신들의 오케스트라가 거장의 서명이 있는 바이올린을 한 대나 여러 대 갖출 수 있도록 막대한 돈을 지불하고자 했지.

어느 날, 스웨덴 국왕이 궁정 악장을 보내 왕자에게 줄 작은 알토 바이올린 한 대를 주문했어. 악장은, 왕이 원하는 건 물론 스트라디바리우스라고 지정했지. 거장의 바이올린이 모두 팔린 후였어. 프란체스코는 자신이 막 마무리한 악기를 좋은 가격에 제안하여 문제를 해결했지. 알토 바이올린에는

Franciscus Stradivarius Cremonensis

*Filius Antonii facebiat anno 1742**

라는 서명이 있었지.

두 달 후 악장이 다시 방문했어.

"지존하신 국왕께서 진노하셨소. 진짜 스트라디바리우스를 가져오라 하셨소."

악장은 불룩한 금 주머니를 작업대에 던졌지.

"이 정도면 될 것 같은데?"

프란체스코는 돌아온 작품을 말없이 잡고, 슬픈 마음으로 물끄러미 보았어.

악장은 불안한 눈으로, 화가 난 듯 얼굴이 붉어진 바이올린 장인을 뚫어지게 바라보았지.

장인이 입술을 간신히 열고 탄식했어.

"진짜 스트라디바리우스라! 만들어드리리다. 진짜 스트

* 크레모나의 프란키스쿠스 스트라디바리우스
안토니우스의 아들 1742년 제작

라디바리우스를!"

그는 작업장으로 달려가 문을 닫았지. 도구들 소리가 들려왔어. 긴 시간이 흐르고 나서 장인은 지난번 알토 바이올린과 달라 보이지 않는 악기를 들고 나왔지. 다만

Antonius Stradivarius Cremonensis

*Facebiat anno 1737**

이란 서명이 있었지.

사람들이 이야기하더군. 스웨덴 국왕이 전 유럽에 소문을 퍼뜨렸다고. 자신이 거금을 들여 크레모나의 거장의 마지막 걸작을 입수했다는 소문을.

물론 프란체스코는 단지 서명을 바꿨을 뿐이지. 단순한 행위로 악기 가격이 열 배는 올랐을 거야.

---

* 크레모나의 안토니우스 스트라디바리우스
1737년 제작

그렇게, 스웨덴 국왕 덕분에 프란체스코는 부자가 됐어. 그러나 같은 사람 때문에, 그는 씁쓸한 슬픔을 느꼈지.

프란체스코는 내면에서 진실을 마주하고 고통을 겪고 있었어. 비교 불가한 지식을 가졌음을 아는 인간이, 날마다 조금씩 자신의 지식이 사라지는 것을 보는 고통. 아버지의 명성이 드리운 그림자 때문에 그는 예술가로서의 작업을 충만하게 그리고 행복하게 수행할 수 없었지. 이내 그는 도구들을 내려놓고 도제들의 작업을 지켜보는 일에 만족했어.

아침에 일어나면 자신의 바이올린을 들고 아르페지오를 몇 점 바이올린 위에 올렸지. 굳은 손가락들을 활기차게 풀면서. 다음에는 더 어려운 곡들로 건너갔어. 마침내 저녁때는 엄두를 내어 자작곡을 몇 점 연주하기도 했지.

도제들 중 누가 용기를 내어 질문을 하면 바이올린을 들고 연주를 시작했지. 듣고 있던 도제에게서 동요가 나타나는 것이 보이면 연주를 멈추고 간단히 말했어.

"자네의 연주가 감동을 주어 눈물까지 자아낼 수 있다면, 자네는 자네의 목소리가 불필요하다고 생각할 걸세."

그는 최고의 바이올린 장인의 아들일 뿐이라는 처지를 의식하고 있었어. 그 때문에 깊은 절망에 빠져 있었지.

과묵한 스승과 반대로 나는 들끓는 젊은이였지. 나의 내면의 음악은 지칠 줄 모르는 수다로, 외침으로, 분노로, 웃음으로, 온갖 울림으로 표현됐지. 프란체스코 스트라디바리의 영혼이 침묵을 열망하고 있었을 때, 나의 영혼은 소리들을 스펀지처럼 빨아들이고 있었어.

바이올린을 향한 나의 열정이야말로 음악에 최고의 악기였지. 그것으로 음악이 소리를 낼 때나 내지 않을 때나. 나의 열정은 스트라디바리우스의 열정을 꼭 닮은 것이어서, 한 번도 본 적은 없지만 누구보다 그를 잘 알 수 있었어.

28

안토니오 스트라디바리는 고인이 된 후에도 오랫동안 비범한 힘으로 작업장에 울림을 주었지.

대부분 인간들은 느낄 수 없는 그 울림을 몇몇 예민한 영혼은 감지할 수 있었어. 작업장에 들어설 때마다 나는 그 울림을 느낄 수 있었지. 어수선한 도구 더미에서, 작업장에 흩어져 있는 바이올린의 앞판들, 옆판들, 머리들에서, 프란체스코는 소리를 생산할 물체로 창작될 나무 부품들의 잡동사니를 보았지만, 나는 그곳에서, 이상하다고 생각할지 모르지만, 인간계와 천상계를 연결하는 소리를 창작하도록 해 주는 균형의 기적을 발견했어.

29

내가 검은 바이올린을 만들게 된 건 어떤 꿈 때문이지.

꿈을 자주 꿨어. 작업장에서 맨정신에 꿈꾸지 않은 날은 밤새 꿈꿨지. 바이올린 제작을 제외하면, 꿈은 내가 행복을 느끼는 유일한 활동이었어. 매일 밤 같은 꿈을 꿨지. 한 편의 결말 없는 이야기.

한 여인이 내게 오는 거야. 전혀 모르는 여자였지. 얼굴도 알 수 없고 몸도 알 수 없었어. 그녀의 금빛 목소리만이 나의 밤에 자주 찾아왔는데, 매번 마음 깊이까지 들려오는 목소리였어.

고백하자면, 나는 현실에 없는 여인과 사랑에 빠졌지.

매일 밤 같은 꿈이 잠 속으로 돌아오곤 했어. 몇 년 동안 그랬지. 꿈에서 나는 모르는 도시를 걸었어. 작은 골목 모퉁이를 돌 때, 바이올린의 노래가 들렸지. 노래를 따라가며 아무도 없는, 달빛에 젖어 있는, 꿈꾸는 듯한 길들을 걸었지. 그리고 운하 위에 놓인 돌다리 가까이에 도착했지. 가면 쓴 얼굴 하나가 거울 같은 물에 비치고 있었어. 여자가 다리 위에 서서 연주하고 있었어. 등을 돌리고 있었지. 나는 천천히 다가가 어깨에 손을 댔지. 음악은 나의 몸과 영혼을 매혹하고 있었고. 여자가 몸을 돌렸을 때 나는 깜짝 놀랐어. 여자가 바이올린을 연주하고 있었던 게 아니었어. 여자가 바이올린이었던 거야! 엉덩이에서 허리까지, 배에서 목까지. 완전히 곡선으로 이루어진 여자의 몸은 바이올린 형태였어. 목소리도 바이올린 소리였지. 너무 수정 같은 것이 인간의 소리 같지 않았어. 두 손으로 오페라 악보를 들고 있었고, 노래하는 아리아는, 경탄을 자아내던 그 곡은, 여자에게서

샘솟고 있었지. 마치 신이 부르는 음악 같았어. 여자가 두 팔을 벌리며 몸을 맡겼지. 내가 그녀를 껴안으려는 순간, 여자도 바이올린도 음악도 꿈도 불 속에서 사라졌어. 나는 소리 지르기 시작했고 결국 잠에서 깨어났지.

매일 아침, 나의 바이올린들 중 하나 위에서, 간밤에 들은 목소리의 독특한 음색을 다시 보려 애썼지만, 그 소리의 완벽함에는 결코 이르지 못했지.

나는 누구에게도 이상한 꿈에 대해 말하지 않았어. 프란체스코 스트라디바리에게도—진지하고 애정 어린 우정으로 그를 좋아하고 있었는데도 말이야— 내 곁에서 일하는 동료들에게도.

30

1743년, 프란체스코가 세상을 떠났어. 스트라디바리 집안의 유명한 혈통이 그렇게 끊겼지.

함께 하던 사람들은 크레모나를 떠나 유럽의 다른 도시들에 정착했어. 나 혼자 작업장에 남았지. 영업은 최악이었어.

어느 날, 베네치아 사람 페렌치Ferenzi 공작이 크레모나를 지나는 길에 바이올린을 한 대 주문하러 들렀지. 조금 불안하게 하고, 자기 자신에게 빠져 있는 듯한 사람이었는데, 갑부였지. 그는 수행하는 두 명의 하인과 함께 마차로 여행중이었어. 작업장에는 아주 잠시만 머물렀는데, 베네치아로 곧 다시 출발해야 하기 때문이라고 말해주었어.

"그대가 매우 부지런한 사람이면 좋겠소. 그래서 시월 첫 일요일까지는 주문한 것을 어김없이 가져다주기 바라오."

"정말 빠듯한 시간이네요."

"돈은 얼마든지 내겠소."

나는 잠시 생각했지. 그리고 주문을 받을 수밖에 없는 상황이라고 결정했어. 긴급 주문을 감당할 만한 기술과 경험을 갖추고도 있었고.

"필요하다면 밤낮으로 작업하겠습니다. 늦지 않게 베네치아로 제가 직접 바이올린을 가져다드리겠습니다."

공작은 값을 치르고 인사했어.

나는 작업장에 틀어박혔고 곧 작업을 시작했지.

나는 스트라디바리가 고안한 모형을 본떠 바이올린을 만들기로 마음먹었지. 그 모형은 까다로운 규칙들을 준수하며 고안한 것이어서 작품을 만들기 전에 좀 연구가 필요했지. 몇 주가 지난 후 나는 아직 다듬지 않은 바이올린을 한

대 갖게 되었어. 소리를 점검한 결과 탁월하다고 판단했고, 칠 입히는 과정으로 넘어갈 수 있었지. 마지막으로 줄들을 달았고, 내 두 손에는 나의 첫 바이올린이 들려 있었지. 어느 정도 마음이 놓인 나는 소리를 내볼 수 있었고, 나도 남들처럼 바이올린의 장인이 되었음을 알았지.

밤낮으로 작업대에 매달려 있던 나는 마침내 믿을 수 없을 정도로 짧은 기간에 꽤나 성공적인 작품을 실현할 수 있었어.

시월 첫 일요일, 새벽에, 나는 베네치아를 향해 출발했지.

31

그날의 나는 스무 살이었고 베네치아는 처음이었지. 그날 나는 두 가지 순수하고 아름다운 것을 소유하고 있다고 느꼈는데, 바이올린과 마음이었어. 내가 그 둘을 모두 부수리라는 것은 알지 못했어. 돌이킬 수 없이.

32

베네치아로 들어설 때 나를 가장 놀라게 한 건, 나의 존재 전체를 사로잡던 가볍다는 느낌이었지. 그 감각들의 높아짐. 그 뜬금없던 산다는 기쁨과 사랑한다는 기쁨. 그것은 사랑에 빠지기에 최적의 배경이었지.

가을의 초입이었어. 사육제 시즌이 막 열린 참이었지. 사람들은 행복해 보였어. 앞으로 6개월 동안 베네치아는 하나의 환상이 될 작정이었지. 사육제가 끝나는 사순절의 전날까지, 오직 눈을 즐겁게 하기 위해, 큰돈이 쓰일 예정이었어.

나는 배를 타고 도시로 들어가 페렌치 궁의 선착장에 이르렀어. 베네치아식의 아름다운 3층 건물이었지. 정문이 대운하를 향해 있었어. 황갈색 정면이 군데군데 풍화되었지만 위엄 있게 검은 물위에 비치고 있었어. 선착장에 내려 초인종을 눌렀어. 제복 입은 하인이 와서 문을 열어주었지.

"에라스무스라고 합니다. 페렌치 공작님을 뵈러 왔습니다. 그분께 드릴 바이올린을 갖고 왔습니다."

"잠시 기다려주세요. 공작님께 말씀드리겠습니다. 이쪽으로 오시겠어요."

나는 거대한 로비로 들어섰지. 하인은 내게 기다림을 청하고는 층계를 올라갔어. 그가 없는 동안 나는 호기심을 채우며 로비의 세세한 부분들까지 살펴보았지.

바닥은 장기판처럼 배열된 아름다운 흑백 타일이었어. 따뜻한 색감으로 칠해진 벽면들은 회화 작품들로 채워져 있었지. 대부분 다양한 계절의 석호 그림이었어. 어느 구석에는 여자 나신상이 놓여 있었지. 대운하로 열려 있는 아치형 창문들로, 안개는 끼어 있었지만, 상당히 독특한 광경이 보였어. 은으로 만든 담뱃갑이 놓인 훌륭한 장밋빛 대리석 콘솔이 층계 아래에서 눈길을 끌었어. 로비는 궁에 있는 경탄을 부르는 것들을 맛보여주고 있었지.

하지만 베네치아 전체가 그러하듯, 페렌치 가家의 저택 역시 상기시켜주었지. 그 보석 같은 건축물도 진흙에 박힌 말뚝들 위에 지어져 있음을. 세상의 그 무엇으로도 수몰로부터 구해낼 수 없으리라는 것을. 늙어가는 도시는, 사치와 비단들과 벽에 걸린 장식용 천들의 가면으로 주름살들을 감추고 있었어. 아름답고 힘있어 보이고자 했지만 더이상은 아름답지도 힘이 있지도 않았지. 다만 명성은 여전히 아름답고 힘이 있었지. 층계 옆 벽은 여기저기 갈라져 있었고, 층계 난간의 옛날식 아름다움을 보여주는 칠도 균열들을 감출 수 없었지.

얼마 지나지 않아 공작이 나타났어.

처음 본 사람처럼 낯설었지. 저택이 그러하듯, 공작도 감추고자 했지만, 늙고 병들어 보였어.

"무슨 일이신가요?"

"저는 에라스무스입니다. 주문하신 바이올린을 가져왔습니다."

"아, 그렇죠. 기억납니다. 내 바이올린이 아니고 나의 딸 카를라Carla에게 줄 바이올린입니다. 생일선물로 주려는 겁니다. 사육제 시즌이 시작될 때 태어났죠. 매해 같은 난제에 빠집니다. 딸은 이미 너무 많은 것을 갖고 있어요. 무엇을 주어야 할지 모르겠습니다. 장신구들, 보석들, 드레스들…… 이번 선물은 독창적이라고 생각합니다."

이어서 목소리를 낮춰 속삭이듯 말했지.

"딸은 밤이 되어야 돌아옵니다. 손수 바이올린을 전해주시겠어요? 나는 곧 베로나Verona로 떠나야 합니다. 일이 기다리고 있거든요. 며칠 동안 자리를 비울 형편이에요. 한번 더 수고를 부탁드릴게요."

"얼마든지요."

"아주 좋습니다. 해가 지면 다시 오세요. 내가 궁에서 사육제 시즌의 시작을 알리는 큰 축제를 엽니다. 원하는 대로 가장을 하고 오세요. 그리고 내가 보냈다고 말하고 딸에게 바이올린을 전해주세요. 고맙습니다."

"존경하는 공작님. 그럼 밤에 다시 오겠습니다."

공작은 내게 감사를 표하고, 혼잣말하듯 덧붙였지.

"일이 꼬였네. 카를라가 내일 밤 라 페니체에서 노래 부르는데. 참석해서 노래를 들을 수 있다면 참 행복할 텐데."

"따님이 성악가이시군요."

"성악가는 아닙니다. 딸을 위해 라 페니체를 빌렸을 뿐이죠. 딸은 아름다운 음색의 소프라노죠. 시간이 있으시다면 놓치지 말고 가서 노래를 들어보세요. 그녀가 금빛 목소리를 가졌다고들 말합니다. 한번 들으면 잊을 수 없을 겁니다."

나는 공작에게 그의 말대로 하겠다고 약속했어.

"아주 좋아요. 아주 좋아. 이제 미안하지만 떠나야겠군요. 시간이 촉박하네요. 잘 지내시오, 선생."

인사를 나눈 후 나는 궁을 떠났어.

33

나는 밤을 기다리며 베네치아를 산책했지. 축제가 시작되고 있었어. 공기에서 자유의 향이 느껴졌고, 곳곳에서 가벼운 향기들이 풍겼지.

산안젤로San Angelo 광장 인근 작은 식당의 테라스에서 먹물 갑오징어를 맛보았지.

오후에는 우연히 들어선 골목들과 다리들을 돌아다녔어. 내가 어디 있는 건지 걱정은 안 했지. 얼마든지 길을 잃을 마음이었어.

삼각모를 쓰고, 흰색 가면으로 얼굴을 가리고, 긴 검은 망토를 입은 창녀들 몇이 앞을 가고 있다가, 뒤돌아보며 내 옷차림을 놀렸지.

놀림들에 피곤해진 나는 이내 의상 대여업자의 주소를 알아봤어.

옷을 갈아입고 우스꽝스러운 차림이 된 나는, 축제가 고동치고 있는 도심으로 돌아갔지. 가면들과 저글링 광대들과 줄 타는 곡예사들과 악사들 사이로 들어갔어.

구불구불한 색종이 테이프들과 색종이 조각들이 비처럼 쏟아지는 가운데 사육제 시즌이 시작됐지. 부둣가에서는 불을 입에 넣었다 내뿜는 사람이 공연하고 있었어. 바로 이어서 일단의 코미디언이 등장했지.

나는 줄 지어가는 사람들에 섞였어, 이따금 모르는 사람들과 대화를 나누기까지 하며. 가면 때문에 누구와 말하는 건지 알 수 없었어. 공작부인인지, 세탁 일 하는 여자인지, 남자인지 여자인지 분간할 수 없었지. 의상 아래 있던 나 자신은 누구였을까? 늑대 가면을 쓴 나는, 고관高官일 수도 있고, 주교일 수도 있고, 베네치아의 최고 지도자일 수도 있었지. 심지어 간첩일 수도 있었고, 최악의 도둑도 가능했지.

사실 베네치아로 들어올 때 나는 이미 사육제의 광기 속으로 뛰어들었던 거야. 그러니 그때부터 불가능한 것은 없었지.

어느 길모퉁이에서는 주사위 노름하는 사람들이 맞서고 있었어. 그들 중 한 사람은 쌓인 금화를 자기 앞으로 당겨 놓고 있었는데, 다른 이들은 찌푸린 표정으로 얼마 남지 않은 돈을 마지막으로 걸며 불운을 벗어나보려 했지. 다리들의 오르막길들에서는 반쯤 누운 가면들이 행인들에게 노골적인 말들을 지르며 괴롭히고 있었지. 신이 난 길거리 예술가들은 소극笑劇을 보여주며 내게서 몇 푼 뽑아내려 했어. 흰 옷 입은 줄 타는 무용수는 물위에서 천천히 나아가고 있었지. 어느 길모퉁이에서는 플루트 곡이 들려와서 내 한쪽 귀가 쫑긋해졌고, 윤무輪舞의 시간에는 집요한 풀치넬라Pulcinella*가 손으로 나를 잡았어. 한마디로 베네치아는 꿈과 광기가 앞서거니 뒤서거니 경쟁을 벌이는 거대한 무대였지.

얼마 지나지 않아 밤이 왔어.

운하들이 검은 잉크 속으로 달을 삼키며 어두워졌지. 골목들은 텅 비고 저택들이 하나하나 불을 켰지.

추위는 더 날카로워졌어. 이제 저택들 안에서 축제를 이어갈 시간이었지.

아를르캥Arlequin**이 페렌치 가의 저택 앞에서 나를 기다리고 있었지.

그가 말했어.

"가면을 쓰고 검을 찰 수는 없습니다."

나는 놀라 옆구리를 보았지. 그리고 아를르캥이 착각했음을 알았어.

"검이 아니에요. 바이올린이에요!"

나는 웃으며 말했지. 그리고 바이올린을 보여줬어.

"늦으셨네요. 음악가들은 벌써 도착하셨는데요."

---

* 이탈리아 희극에 나오는 몸집이 큰 등장인물. 늘어진 흰옷 상의와 헐렁한 흰옷 하의를 입고 가면을 쓴다.

** 이탈리아 희극에 나오는 등장인물. 삼각형 연속무늬 상하의를 입는다. 역시 가면을 쓴다. 이탈리아 희극의 가면들은 베네치아 사육제로 이어졌다.

나는 대꾸하지 않았지. 아를르캥이 길을 내주었고 저택으로 들어갈 수 있었어.

축제는 방들에서 열리고 있었지. 방 세 개를 트고 거대한 대리석 벽난로 앞에 음식 탁자들을 차려놓았더군. 가장 안쪽에서는 무대 위에서 오케스트라가 왈츠를 연주하고 있었지.

믿을 수 없을 정도로 사치를 과시하고 있었어. 탁자들 위에는 금 식기들 사이사이에, 금을 입힌 은 나이프, 포크, 숟가락, 찻숟가락들이 놓여 있었고, 금 식기들에는 한입 케이크들, 카나페들, 갖가지 음식들이 즐비했지. 적포도주, 백포도주를 가득 담은 유리병들은 또 얼마나 많던지. 무엇보다 대단했던 건 여인들의 차림새였는데, 옷차림들은 색과 독창성을 겨루고 있었지.

그런 가운데서 아침에 잠시 본 하인을 마주치자 나는 혼란스러웠지. 하인에게 물었어.

"공작님의 따님 카를라 페렌치를 어디서 찾을 수 있을까요?"

그가 두 팔을 하늘로 들어올리며 답했지.

“저라고 어떻게 알 수 있겠어요? 모두들 가장을 하고 있는데요.”

그렇게 말하고 부엌들이 있는 곳으로 달아났지.

나는 주변을 둘러봤어. 이백 명 넘는 사람들이 있었는데, 아무도 알 수 없었어. 카를라를 찾을 수 없었지.

낙담한 나는 바이올린을 하인에게 맡기고 떠나려 했지. 그때 생각이 하나 떠올랐어. 나는 뺨에 바이올린을 대고 힘없이 슬프게 연주하기 시작했지. 그러자 사람들이 몇 명 모여 속삭였어. 내가 누군지 궁금해했지.

연주를 그쳤을 때, 음악에 매료되어 있던 여인이 물었어.

“누구세요? 이렇게 아름다운 음악은 처음이네요.”

“혹시 카를라 페렌치이신가요?”

그러자 젊은 여자는 웃음을 터뜨렸지.

“그럴지도 모르죠.”

그렇게 답하고 여자는 축제의 소용돌이 속으로 사라졌어.

그때 대화를 듣고 있던 반인반조半人半鳥 차림의 사람이 속삭였어.

"카를라를 찾으세요?"

"네. 공작님 부탁으로 바이올린을 전해줘야 하거든요."

"그녀 방으로 가보세요."

웅장한 층계의 첫 난간 기둥을 가리키며 가면이 말해줬어.

"축제에 오지 않았나요?"

"카를라가요? 아니요. 축제는 목소리를 너무 지치게 할 거예요. 내일 저녁 라 페니체에서 노래 부르거든요."

"도시 전체가 즐기는 동안 오직 목소리를 보호하려고 방에 머물러 있다는 말씀이세요?"

가면이, 독수리 부리 뒤에서, 나의 무지를 비웃는 듯했지.

"댁은 한 번도 프리마돈나가 노래하는 걸 들은 적이 없군요!"

34

나는 방들에서 나와 층계를 올라갔지.

2층에 가니 조금 열린 방문으로 희미하게 밝혀진 방이 보였어. 소리 내지 않고 들어갔지.

카를라가 커다란 소파에 앉아 반쯤 졸고 있었어. 잠시 전까지 마주친 환상적인 가면들 같은 건 전혀 쓰고 있지 않았지. 그녀는 잠들었던 게 아니었고, 내가 방으로 들어설 때 눈치를 챘지. 그녀가 고개를 들자마자 나는 두 눈의 아름다움에 사로잡혔어. 깊이를 알 수 없는 검은 눈동자였지. 특히 너무 맑고 반짝였어. 머리카락도 검은색이었는데, 흰 피부와 대조를 이루었지. 검은 비로드 드레스는 바닥까지 내려와 물결치고 있었고.

카를라가 약간 차가운 시선을 던졌어. 여기서 무엇을 하고 있느냐 묻는 듯했지. 나는 입을 열었고, 내 목소리가 들렸지.

"아가씨, 이 바이올린을 받으세요. 아버님께서 당신을 위해 제게 주문하신 겁니다. 생일선물이라 하셨습니다. 제가 손수 전해주기를 바라셨습니다."

카를라는 바로 안심하는 듯 보였지.

"바이올린이라고 했나요? 정말 멋진 생각이네요! 아버지가 제 생일을 잊으셨나 했어요."

그녀 목소리가 들리던 순간에 나는 알았지. 지난 몇 해 동안 꿈에 자주 찾아오던 여인이 내 앞에 있다는 것을. 그녀를 위해서는 죽을 수도 있겠다는 느낌이 들었지.

나는 카를라에게 다가가 가방에서 물건을 꺼내 내밀었어.

그녀가 덧붙였지.

"이렇게 가져다주시다니 참 친절하세요."

그녀가 바이올린을 뺨 쪽으로 천천히 가져가며 물었지.

"지금 연주해봐도 될까요?"

"그럼요."

나는 활을 건넸고, 그녀는 연주를 시작했어. 아주 초보적인 연주였지만 움직임에 우아함이 없지 않았지.

"소리가 놀라운데요!"

그녀가 바이올린 줄들을 손으로 멈추며 말했지.

"당신 솜씨를 칭찬할 수밖에 없네요. 제 연주는 끔찍할 정도로 엉망이었죠?"

틀린 말은 아니었지. 하지만 연주 수준은 내게 전혀 중요하지 않았어.

"이 바이올린은 온전히 당신을 위한 것입니다. 아주 빠르게 익숙해지실 거예요. 확신합니다."

카를라는 조금 더 연주하고 나서 악기의 활과 본체를 작은 탁자에 놓았지. 섬세하게 만들어진 나무 장기판 옆에.

"훌륭한 작품이네요."

장기말들을 응시하며 내가 말했어.

그녀는 웃었지.

“장기 둘 줄 아세요?” 그녀가 물었어.

“유감스럽게도 모르네요.”

“원하신다면 가르쳐드릴게요.”

“좋습니다. 저는 바이올린을 가르쳐드릴게요.”

그녀는 작은 웃음을 웃고 나를 바라봤어.

검은 눈동자들이, 깊은 곳까지 들여다보려는 듯, 내 눈 속으로 뛰어들었지. 반쯤 열린 문으로 축제의 소음들이 올라오고 있었어.

“이렇게 소란한데 쉴 수 있으세요?”

“그럼요. 나는 이 음악도 노래들도 웃음들도 다 좋아요. 나를 행복하게 한답니다.”

“저택 전체가 즐기고 있는 동안 여기서 혼자 심심하지는 않으세요?”

“오늘 저녁에는 쉴 수밖에 없어요. 그리고 사육제는 이제 시즌이 시작됐을 뿐이에요. 나중에 즐기면 됩니다.”

"쉬시는 이유가 목소리 때문인가요?"

"제가 노래한다고 아버지께서 말씀하시던가요?"

"네. 당신 목소리는 잊을 수 없다고 특별히 알려주셨어요. 금빛 목소리라고요."

"아버지는 늘 과장하세요. 제게 소프라노 소질이 약간 있긴 해요. 그래서 친구들 집에서나 여기 페렌치 궁에서 자주 친구들을 위해 노래합니다. 그런데 내일 저녁에는 생일 기념으로 라 페니체에서 노래하게 됐어요. 아버지가 하루 저녁 대관을 하셨죠. 오셔서 제가 노래하는 것을 들으시겠어요?"

나는 한동안 말없이 있었지. 그녀를 바라보는 것이 마냥 행복해서.

"아가씨, 고백건대 당신 목소리가 궁금하고, 어서 듣고 싶습니다. 라 페니체에 꼭 가겠습니다."

"그럼 내일 저녁에 볼까요?"

"내일 뵙겠습니다."

나는 인사하고 뒷걸음질하며 방에서 물러나왔지. 싱숭생

숭한 마음으로 층계를 내려왔어.

방들에서는 축제가 절정이었지. 하지만 내 마음은 다른 곳에 가 있었어.

35

그날 밤 나는 그녀 생각에 한숨도 못 잤지. 카를라가 내 안에서 내내 함께 있었고 너무 실제 같았지. 어떤 꿈속이라도 그녀를 가둘 수 없었어.

아침이 되자 나는 그녀 집으로 갔지. 물위에서 흔들리는 곤돌라에 앉아, 아직 덧문들이 닫혀 있는 이층 창에 인기척이 있는지 지켜봤지.

새벽의 신선함 속에 잠들어 있는 대운하 위로 옅은 안개가 펼쳐져 있었지. 시장으로 상품을 나르는 사공들이, 불안

감을 주는 어렴풋한 형체들처럼, 내 옆을 조용히 지나갔어. 물위를 미끄러져서, 도시의 미로 속으로 사라져갔지.

나는 창에 눈을 붙인 채 오래 머물러 있었어. 그 나이의 청춘이 그렇듯 시간이야 얼마나 흐르건 상관없이 사랑에 빠져 있었지.

내 인생에서 그날 아침만큼 행복했던 적은 없어. 그녀 모르게 기다리고 있었고, 현재만이 중요했지. 사랑받고 싶다는 마음으로 가득했었어.

내 인생이, 정말이지 그때만큼 강렬했던 적은 없어. 나는 더는 외롭지 않았지.

마침내 카를라가 덧문들을 열다가 나를 알아봤어. 내가 집 앞에 있는 걸 보고 놀라는 듯했어.

"거기서 뭐 하고 계세요?" 그녀가 큰 소리로 말했지.

당황한 나는 거짓말을 하고 말았어.

"어딘가에서 가방을 잃어버렸어요. 어제저녁에요."

잠시 후 그녀는 문 앞으로 나와 나를 만났지.

"가방이라 했나요? 어떤 가방이죠?"

"당신의 바이올린을 담았던 가방이에요."

"아, 어디 있는지 알아요."

그녀는 집으로 돌아가 가방을 찾아오려 했는데, 내가 팔을 잡았어.

"놔두세요. 당신에게 더 쓸모가 있을 것 같네요! 크레모나에 바이올린 가방들이 많습니다."

그녀가 웃었지.

"이렇게 관대하시니…… 기다리세요. 돌아올게요."

그녀가 잠시 자리를 비우고 방으로 올라가서 장기판을 들고 내려왔어.

"이 장기판을 드릴게요. 어제저녁, 장기말들에 감탄하시는 것 같았어요. 장기를 배우는 데 늦은 나이도 아니세요. 이제 서로 주고받았네요!"

나는 하고픈 말이 너무나 많았지. 그런데 겨우 더듬거릴 뿐이었어.

"카를라…… 이런 말을 하고 싶어요…… 당신은……"

그녀가 손가락으로 내 입을 막았지.

"아무 말 마세요. 부탁이에요. 장기판을 갖고 떠나세요. 오늘 저녁 극장에서 다시 만나요."

그렇게 말하고 웃으며 사라졌어. 베네치아와 석호에 짙은 안개가 다시 내렸지.

36

인생은 연극이야. 단 한 번 공연하는.

그날 저녁, 카를라 페렌치의 목소리는 가장 순수하고 가장 신적인 목소리였어. 내 꿈속에서 듣던 목소리였지.

베네치아의 모든 사람이 그녀 목소리를 듣는 특권을 누리려고, 라 페니체에 모여 있었지. 가면만 쓰면 무료입장이었어.

2층 정면 관람석에서 오케스트라와 가까운 1층의 관람석까지 인산인해였는데, 수다를 떨고 노래도 불렀지. 정말 소란하곤 했어. 모두들 카를라 얘기뿐이었지.

"세상에서 가장 아름다운 목소리라는군!"

이윽고 조명들이 꺼지고 조용해졌지. 막이 올라갔어. 오케스트라가 음악을 개시하고 오페라가 시작됐지.

성악가들이 순서대로 출연했는데, 성과들은 다 달랐지. 1막이 끝났을 때 청중이 외치기 시작했어.

"프리마돈나! 프리마돈나!"

사람들은 카를라를 기다리고 있었지. 모두 그녀를 보려고 와 있었던 거야.

그녀의 등장은 2막에서였지. 카를라가 무대에 입장하자 수군대는 소리가 객석에서 이어졌지.

"그녀야!"

"그렇군! 카를라 페렌치야!"

긴장과 흥분이 최고 수준이었지.

카를라가, 공기처럼 가볍게, 빛 속으로 나왔어. 그리고 천천히, 그녀 노래가 떠올랐어. 모든 청중의 표정에서 곧 감정이 드러났지. 젊은 여자 목소리가 극장을 가득 채웠어.

목소리는 아리아의 끝에서 아주 높이 오르더니 내려올 줄 몰랐지. 나는 피가 얼어붙더군.

청중은 잠시 숨쉬지 못했지. 이상한 마비였고 무거운 말 없음이었지. 이어서 조심스레 평評하는 속삭임들이 들렸어. 그리고 곧바로 객석 대부분에서 엄청난 호응이 나타났지.

마침내 함성과 박수 소리가 풀려나오더니, 벼락같은 갈채가 극장에 가득찼어.

"잘한다!"

"프리마돈나 만세!"

카를라는 한번 더 노래했어. 마법이 다시 시작됐지.

노래가 끝난 후 나는 그녀의 대기실로 달려갔어.

그녀가 나를 봤지. 그리고 내가 말하려는 것을 느꼈을 때, 말할 시간을 주지 않았어.

"제발 아무 말 마세요. 절대 아무것도 말하지 말아요. 나의 목소리에 대해 말하지 말아주세요."

그녀는 알고 있었지. 나 역시 다른 사람들처럼 매료되어 있음을.

"마지막 부분을 너무 오래 끌었죠? 아니면 좀더 끌었어야 했나요?"

"아니요 완벽했어요! 대단한 성공이에요!"

"아세요? 오케스트라 단원이 당신이 만든 바이올린으로 연주했는데, 바이올린의 품질에 경탄했다고 말해주었어요."

나는 들리지 않을 몇 마디 말을 더듬거리며 칭찬에 감사했지. 그녀는 머리를 정돈하면서 내 쪽으로 몸을 돌렸어.

"성공을 자축하기 위해 오늘 밤 작은 공연을 따로 마련했는데, 함께하시겠어요?"

나는 어떻게 답해야 할지 몰랐어.

"걱정 마세요. 격식 차리는 자리가 전혀 아니에요. 간단히 친구 몇 명을 초대했어요."

"기꺼이 그러겠습니다. 베네치아에서 지내는 마지막 밤입니다. 당신과 함께 보내는 것보다 더 기쁜 일이 있겠습니까?"

"그러시다면 좋아요. 자정에 집으로 오세요. 기다릴게요."

그녀는 웃고 나서 고개를 돌려 거울 속의 자신을 살펴봤지. 문 두드리는 소리가 나더니 사람들이 바로 쇄도했어. 카를라는 찬사를 보내는 사람들에 에워싸여 보이지 않았지.

나는 야단법석 속에서 빠져나왔어.

극장에서 나올 때 내 마음은 둘로 나뉘어 있었지. 그녀를 다시 볼 수 있어서 행복한 마음과, 영원히 떠나게 되어서 슬픈 마음이 함께 있었지.

37

자정 정각에 문을 두드리며 나는 카를라가 내 사람이 결코 될 수 없으며, 다다를 수 없는 꿈이라는 걸 알았지. 나는 평범한 바이올린 제작자였고, 그녀는 베네치아의 공작님의 따님이었어. 나는 작업장의 비밀 속에서 일하는 눈에 띄지 않는 장인이었고, 그녀에게는 베네치아의 모든 사람들이라 페니체에 와서 갈채를 보냈지. 악마는 무슨 이유로 그녀를 만나서 사랑에 빠지게 했는지 모를 일이었어.

하인이 문을 열어주었는데 나를 알아보더군.

“아가씨께서 기다리고 계십니다.” 그가 말했지.

안으로 들어서서 망토를 벗는데 웃음소리들이 방에서 들려왔어. 나는 소리 내지 않고 나아갔지.

그녀가 눈에 들어왔어. 한쪽 다리는 굽히고 다른 쪽 다리는 쿠션 위로 뻗은 채, 긴 소파에서 기대어 있었지. 가슴은 바로 세우고, 한 손은 손잡이에 놓고, 다른 손은 빛나는 머리카락을 부드럽게 만지고 있었어. 그녀에게 매혹된 여섯 명의 청년들이 그녀를 둘러싸고 서서 그녀 말을 마치 신神의 음료처럼 마시고 있었지. 모두들 내가 와 있음을 알아보고 수다를 그쳤지.

카를라가 말했어. “소개해도 될까요? 이분이 에라스무스 씨입니다. 말씀드린 바이올린 장인이세요.”

“얼마든지요, 아가씨.”

그녀는 내게도 청년들을 소개했지. 내가 느끼기에 청년들은 모두 평범한 바이올린 제작자에게는 관심이 없어 보였어. 크레모나의 가장 좋은 학교 출신이건 아니건.

인사들을 마치자마자 한 청년이 공격했지.

"카를라는, 당신이 나이는 어리지만 당신 세대에서 가장 재능 있는 바이올린 장인들 중 한 명이라고 주장합니다. 그리고 자신을 위해 제작한 바이올린이 큰 가치를 지닌 작품이라고 해요. 그렇다면 당신은 위대한 안토니오 스트라디바리의 도제시겠죠?"

"정확히 말하면 그렇지 않습니다. 하지만 그분 작업장에서 교육받은 것은 사실입니다. 저는 그분의 아드님이신 프란체스코 스트라디바리의 도제입니다."

다른 청년이 말했지.

"그렇죠? 내 생각이 맞았어요. 이 바이올린은 크레모나에서 얼핏 본 바이올린들 중 하나와 닮았어요. 당신은 결국, 사실인지 모르지만, 스트라디바리 부자의 재능에 모든 것을 빚지고 있네요. 그들을 모방하는 것으로 만족하는 듯 보여요."

나는 무례한 청년을 향해 돌아서서 위아래로 훑어봤지.

"베끼는 사람은 바이올린 장인이 아니죠. 장인이 누구냐에 따라 모든 바이올린이 저마다 소리를 갖고 고유한 장점을 갖습니다. 그래서 모든 바이올린이 서로 닮았지만 같은 바이올린은 없는 겁니다. 좀 배워두세요."

카를라는 가벼운 충돌을 재미있어하는 빛이 역력했지.

"신사분들, 그만하세요. 사내들의 다툼과 자존심 싸움은 끝이 없네요."

모두 말을 그쳤고, 분위기가 무거워졌지.

누군가 말했어.

"카를라, 노래 한 곡 불러주겠어요?"

"그래요. 한 곡 불러주세요."

그녀는 잠시 애타게 했지. 그러다 모두의 재촉 앞에서, 분위기를 조금 완화할 필요가 있다는 생각도 해서, 모두의 뜻을 따랐지.

"그럼 한 대목만 할게요. 너무 가는 목소리가 나올까봐 걱정돼서요."

그렇게 말하고는 두 눈을 감고 길게 숨을 들이마신 후 입술을 조금 떼었지. 잠시 후 보석 같은 노래가 목에서 나왔어.

그 목소리! 그 목소리의 음색! 그 목소리는 나를 정말 미치게 했지. 나는 큰 행복을 주는 그 마법의 목소리에 뒤흔들린 채 음악에 취해 있었어.

노래가 끝나자, 가장 열렬히 박수 친 사람이 노래를 차지한다는 듯 박수들을 쳤지.

무례한 청년이 내 쪽으로 몸을 돌리며 다시 말했어.

"이제 한 가지는 분명하네요. 그 어떤 악기도 필적할 수 없는 목소리가 여기 있다는 것."

나는 응수했지. 짜증 난 상태로 말이야.

"제대로 알고 말하세요. 바이올린은 여자 목소리에 가장 가까운 악기이지요. 그런데 소프라노에서 콘트랄토까지 모든 음역을 낼 수 있어요. 그뿐인가요. 여자의 몸과 바이올린의 몸은 혼란스러울 정도로 서로 닮았어요."

"여자와 바이올린이 하나라고 말하는 겁니까?"

"그래요. 틀림없어요."

"맞는 말이오." 그 청년이 인정했지. "놀라운 유사성이 있다는 건 부인할 수 없소. 하지만 그렇게 닮았으니, 나무로 만든 악기에서 인간의 목소리를—그것도 보통 목소리가 아닌 목소리를—재현할 수 있다고 가정하다니. 당신이 넘을 수 없는 벽이 있을 겁니다."

"가정하는 게 전혀 아니죠." 나는 퉁명스럽게 대꾸했지. "장담합니다."

"장인 선생께서 화가 나셨네요." 청년이 되받았지.

주고받는 말이 더 나빠질 수 있다고 생각한 카를라가 끼어들기로 결정했어. 커다란 두 눈을 내 눈에 담으며 말했지.

"그러시다면, 친애하는 에라스무스 씨, 당신이 고백한 것을 증명하실 수 있겠지요? 나의 목소리의 음색을 당신의 악기들 중 하나에서 재현하실 수 있겠지요?"

무례한 청년이, 그녀가 자기편이라고 생각하고는, 나를 보며 웃었지.

길고도 무서운 침묵 속에서 나는 모두의 시선이 내게 쏠려 있음을 느꼈어.

카를라가 재촉했지. "어서요, 에라스무스, 대답해주세요. 부탁드려요."

자신감이 지나쳐 너무 멀리 갔을 수도 있지만, 여인에 대한 나의 사랑을 천명할 수 있는 기회였지. 나는 엄청난 말을 하고 말았어.

"카를라, 내가 이 세상에서 가장 아름다운 바이올린을 만들겠어요. 오직 당신만을 위해. 내가 당신 목소리를 소유하겠어요."

나는 몰랐어. 그렇게 해서 그녀를 영원히 잃고, 나 자신도 파괴할 줄은.

38

나는 집으로 돌아왔지, 크레모나로. 도착하자마자 작업에 착수했어.

카를라의 목소리와 몸매의 섬세한 라인만을 기억하며 돌아왔지. 그 이미지에서 독보적인 바이올린을 구해내고자 했어.

바이올린의 앞판과 울림기둥* 그리고 저음버팀목**을 잘

---

* 바이올린의 앞판 안쪽과 뒤판 안쪽 사이에 세워놓는 작은 원형 막대. 앞판의 진동을 뒤판에 전달한다. '향주響柱'라고도 함.

** 바이올린의 앞판 안쪽에 수직으로 붙이는 기다란 나무 막대. 주로 저음을 강화한다. 자주 '베이스바'라고 함.

라내기 위해 티롤Tyrol에서 최고급 가문비나무를 주문해 들여왔지. 뒤판과 옆판들, 줄받침(브릿지)과 바이올린 목을 오려낼 나무로는 뒤틀림이 가장 적은 보헤미아산産 단풍나무를 선택했지. 지판과 줄틀* 그리고 줄베개**는 가장 단단한 흑단에서 꺼내기로 했어. 몇 달 동안 부품 작업을 했지. 이어서 조립을 했어. 마침내 여러 식물에서 뽑은 니스로 칠을 했지.

길고 긴 몇 주가 지난 후 나는 바이올린 연주를 단행했어. 어느 아침, 불안해하며, 첫 음을 내었지. 결과는 참담했어.

나는 내가 틀렸다는 걸 즉각 깨달았지. 도대체 바이올린 소리가 카를라의 목소리와 하나도 안 닮았으니.

나는 화가 치밀어 바이올린을 땅바닥에 내팽개쳤지. 줄들의 소리와 나무들 부서지는 소리를 내며 악기가 깨졌어.

그때 나는 지금까지도 후회하는 미친 내기를 걸고 말았어.

---

* 바이올린 하단에 줄들을 걸어두는 틀. '테일피스'라고도 함.
** 현침絃枕. 흔히 '너트'라고 함.

"맹세컨대, 다시 만들고 다시 만들 것이다. 그녀의 눈동자들처럼 검은 바이올린에서 그녀 목소리를 재현할 때까지."

전에는 검은 바이올린을 만들겠다는 생각을 한 적이 없었어. 미친 내기를 걸며 떠오른 아이디어였지.

39

작업대 앞에 서 있었을 때, 생각 하나가 번개처럼 정신을 가로지르더군.

왜 카를라와 모든 것이 똑같은 바이올린을 창작하지 않는 거지? 그녀의 목소리를 재현하려면 그녀 몸부터 본떠야 하는 거 아냐? 나는 확신했지. 그녀의 눈동자들처럼 그녀의 머리카락들처럼 검은 바이올린을 실현해야만 한다고.

안토니오 스트라디바리가 직접 쓴 작은 교재가 작업장의 서가에 있다는 기억이 났어. 그 책에는 바이올린의 대부분을 흑단으로 만드는 방법이 들어 있었지. 책을 되찾아보니 행복하게도 그때까지 한 번도 사용한 적 없는 검은 니스를 합성하는 비결까지 알려주고 있었어. 그 소중한 정보들로 무장하고, 다시 작업에 임했지.

악기 본체를 만드는 작업, 특히 울림통을 제작하는 건 쉬운 일이 아니었어. 흑단은 믿을 수 없을 정도로 단단한 나무였고, 힘과 절대적인 정확도를 동시에 요구했지. 조립이라고 편하게 할 수 있는 것도 아니었어. 최대한 참을성 있게 접근하여 성공했지. 마지막으로 니스칠을 할 때도 대단한 정성과 긴 시간이 들었는데, 몇 주나 걸렸지.

작업이 끝나고 두 달 후, 나는 인생에서 최초로, 훌륭한 검은 바이올린을 갖게 됐지.

비바람이 불고 천둥 번개가 치는 날 바이올린을 시험해보기로 결심했어.

밖에서는 섬광들이 하늘을 밝히고, 사나운 바람이 불고 있었지. 가장 나중에 바른 칠까지 다 말라 있었어. 악기의 울림을 확인할 날이 되었던 거야.

나는 두 손으로 바이올린을 들었어. 그리고 한 손으로 부드럽게 니스칠을 쓰다듬었지. 손 아래에서 나무가 노래하기 시작하더군. 그때 나는 내가 보통이 아닌 악기를 들고 있음을 알았지.

활을 잡고 연주를 시작했어.

물결들 위에 깃털이 내려앉듯, 활이 줄들 위를 스쳤지. 첫 음이 일어났어. 여인의 목소리였지. 소프라노의 목소리였어.

나는 행복감에 떨며, 잠시 그대로 있었지. 가장 소중한 꿈이 드디어 현실이 되었음을 알았어.

그날 밤, 나는 어떤 악기도 연주한 적이 없는 것처럼 검은 바이올린을 대했지. 연주하면서, 두 팔 속에 카를라의 몸을 안고 있는 것 같았어.

40

며칠 후 나는 베네치아로 돌아갔지. 겨울이었어. 도시는 홍수aqua alta로 물에 잠겨 있었지. 몇몇 장소에서는, 가장 고귀한 공화국의 골목들이 1미터 넘는 물속에 있었어. 그 슬픈 광경에 나는 무관심했지. 내게는 급한 용건만 보였어. 카를라에게 검은 바이올린의 소리를 들려주는 것.

페렌치 궁은 석호의 맑은 물속으로 천천히 침몰하는 모양새였어. 선착장이 침수돼서 곤돌라를 창문 살들에 매어야 했지. 물결들에 밀려온 녹조류들이 현관 앞 층계 위에도 있더군.

하인이 아니라 페렌치 공작이 문을 열어주더군. 나는 공작의 모습에 깜짝 놀랐어. 두 눈과 뺨은 푹 들어가 있었고, 눈동자들은 흐릿해졌고, 피부는 밀랍같이 생기가 없었지. 어떤 거대한 슬픔의 무게에 짓눌려 무너진 모습이었어.

"아, 에라스무스 선생." 나를 보고 그가 말했지. "하늘이 선생을 보내주셨나보오. 혹시 우리를 도와주시겠소?"

"무슨 일이세요? 어디 편찮으세요?"

그는 주머니에서 손수건을 꺼내 이마를 닦았지.

"내가 아니오. 나는 그럭저럭 지내요."

그는 입을 반쯤 닫고 소리를 줄여 말했지.

"카를라가 아파요."

"카를라가요? 어디가 아픈가요?"

"어디가 아픈지 알 수 있다면 좋겠어요. 갑자기 병이 났어요. 몸져누운 지 오늘로 열흘째입니다."

"제가 볼 수 있을까요?"

답변을 기다릴 새 없이 나는 로비로 들어가 층계로 내달렸지. 계단을 한 번에 몇 개씩 뛰어올라갔어. 문을 밀치자, 침대에 누워 앓고 있는 창백한 젊은 여자가 보였지. 위독해 보였어. 나는 최대한 조심하며 다가가 숨죽여 말했지.

"카를라, 어찌 된 거예요?"

그녀가 나를 향해 천천히 고개를 돌렸는데, 눈으로 하는 표현들 속에서 얼마나 아픈지 이해할 수 있었어.

"보세요. 당신에게 약속했던 바이올린을 가져왔어요. 이 소리를 들어보아요! 이 음악을 들어보세요!"

나는 간단히 줄 하나 위로 활을 미끄러뜨렸지. 카를라는 곧 겁에 질렸어. 손짓을 해서 내 팔을 멈추었지. 눈으로는 간청하는 듯했어.

나를 따라 방으로 들어온 공작이 말했지.

"그날 정말 커다란 불행이 들이닥쳤죠. 병이 난 후 딸은 열이 그치지 않았어요. 의사들은 원인을 찾지 못했죠. 가여운 아이가 일주일째 생사의 기로에서 싸우고 있습니다."

나는 병석에 누워 있는 카를라를 말없이 바라봤어. 얼굴에 슬픔이 가득했지.

"가장 끔찍한 건" 공작이 덧붙였지. "아프기 시작한 그 흉한 밤에 딸아이가 목소리를 잃었다는 겁니다!"

나는 현기증을 느꼈지. 발아래 땅이 꺼지는 것 같아, 쓰러지지 않기 위해 문을 잡아야 했어.

"어디 편찮으세요?"

"아닙니다, 아닙니다. 그냥 갑자기 힘이 빠져서요."

나는 한번 더 카를라의 얼굴을 봤지. 그녀는 울고 있었어. 나는 비틀거리며 방을 나왔고, 궁을 떠났지.

41

요하네스는 한동안 말없이 있었다.

에라스무스의 눈 속을 깊이 들여다보며 증류주를 한잔 마셨다. 그리고 그들은 다시 장기를 두기 시작했다.

"그녀를 다시 보았어?"

"아니, 영원히 못 보았어."

"베네치아에 거주하게 된 건 그녀 때문이지?"

"그녀 때문이지. 베네치아로 곧장 온 건 아니야. 여행을 했지. 전에 말했듯, 크레모나를 떠나 파리로 갔어. 배운 기술을 그곳에서 활용하려는 심사였지만, 내가 겪은 이야기를 잊으려는 심산이 컸지. 결코 잊을 수 없다는 걸 깨달았을 때 베네치아로 돌아왔어. 너무 늦게 돌아왔지. 너무 늦게 돌아오는 바람에 모든 것을 잃었어. 카를라가 죽은 후였으니까.

에라스무스가 입을 다물었다. 요하네스는 노인이 할말을 다 했다는 것을 알았다.

바로 그날 밤, 에라스무스는 장기에서 졌다. 처음으로.

자신에 대해 말한 것도 처음이었다. 마음을 터놓고 말한 것도 처음이었다.

여명의 첫 빛들이 도착했을 때 승부가 났다. 에라스무스가 말했다.

"마법 장기판이 어떤 것인지 알아?"

"모르지."

"너도 장기판 덕분에 결코 지지 않을 거야. 비밀을 말하지만 않으면. 자, 받아. 이제 네 거야."

42

천천히 지나는 겨울 속에서 나날들이 지나고 있었다.

두 사내 사이에서 카를라는 다시는 언급되지 않았다.

12월의 어느 저녁, 에라스무스가 알 수 없는 병에 걸려 몸져누웠다. 열이 심했다.

헛소리를 하며, 이름 하나를 불렀다, 가쁜 숨을 쉬며.

"카를라…… 카를라…… 카를라……"

세 번 불렀다.

그의 머리맡에서, 말없이, 요하네스가 머물고 있었다. 가슴이 미어졌다.

다음날, 노인은 말을 잃었다.

43

에라스무스는 1798년 1월 1일 잠든 채 사망했다.

장례식을 위해 소년 성가대가 소집됐다. 한 소년의 음색이 특이했는데, 슬픔으로 가득찬 그 음색은, 고인이 된 거장의 가장 아름다운 바이올린들만이 도달할 수 있을 고통의 소리를 냈다. 안토니오 스트라디바리의 제자 자격이 충분히 있는 에라스무스와 함께, 위대한 바이올린들의 비밀은 세상에서 사라졌다.

산자카리아 성당에서 미사가 끝난 후, 관이 검은 배에 놓였다. 상여喪輿를 실은 그 곤돌라가 도심을 떠나, 산미켈레San Michele 묘원을 향했다. 요하네스도 장례 행렬에 있었다. 자신의 장례식에 참석하고 있다는 인상을 받으며.

베네치아에 비가 내렸다. 가늘고 촘촘한 비였다. 물방울들이 대운하 위에서 내는 소리, 곤돌라들의 허리를 때리며 찰랑이는 물의 소리, 이따금 건물들 사이를 지나며 바람이 우는 소리만 들렸다.

장례 행렬의 배들이 묘원이 있는 섬의 부두에 정박했다. 관이 묘원에 묻혔다. 바이올린 장인의 무덤구덩이 속으로, 바이올린 연주자가 검은 흙을 한줌 던지고, 성호를 그었다. 그리고 서둘러 섬을 떠났다. 뒤돌아보지 않고 베네치아로 돌아왔다.

44

요하네스는 에라스무스의 작업장에 들어서자마자 한 바퀴 돌았다. 거장의 작업 공간에 있는 사물들을 하나하나 바라보면서. 그리고 슬픈 마음이 되어 장기판 앞에 앉았다. 원망으로 가득찬 동작으로 장기말들을 땅바닥에 흩트렸다.

그때 그는 이상한 소리를 들었다. 알 수 없는 곳에서 들려오는 음악이었다.

음악이 떠오르고 있는 듯한 어두운 구석으로 천천히 다가갔다. 양초를 켜고 수수께끼를 향해 서서히 나아갔다. 소리를 내는 건 검은 바이올린이었다.

극도로 조심하며 요하네스는 악기를 잡고, 잠시 바라본 후, 활을 들었다. 그리고 눈 감고 연주하기 시작했다. 첫 음에 전율을 느꼈다. 확실했다. 이상한 말이 아니었다. 바이올린에는 연주자를 미치게 만드는 힘이 있었다.

그럼에도 그는 한번 더 연주했다. 도발을 했다. 그러다 움찔했다. 요하네스는 분노에 휩싸여 바이올린을 땅에 내팽개쳤다.

땅에 닿으며 악기가 깨졌다. 그리고 악기에서 이상한 소리가 났다. 여자의 비명소리 같았다.

현기증이 난 요하네스는 골목으로 나와 숨이 찰 때까지 달렸다.

45

며칠 후 요하네스는 프랑스 군대와 함께 베네치아를 떠났고 파리로 돌아왔다.

다시는 이탈리아를 찾지 않을 것이었다.

요하네스 카렐스키가 자신의 유일한 오페라를 작곡하는 데는 31년이 걸렸다. 하나의 목소리, 하나의 꿈에서 벗어나려 애쓰며 그 31년을 살았다. 에라스무스와 검은 바이올린의 이야기를 잊으려고 애쓰며 살았다.

그 세월 동안 그는 단 한 번도 바이올린을 연주하지 않았다.

오페라의 마지막 박자에 마지막 손질을 한 날, 그는 자신의 모든 작업이 헛된 일이었음을 깨달았다. 누구도 카를라 페렌치처럼 노래할 수는 없을 것이었다.

그래서, 광기에 아주 가까워지곤 하는 이상한 성향으로 인해, 카렐스키는 오랜 시간 동안 자신의 음표들을 적어온 노트를 벽난로에 던졌다. 그리고 자신의 일생의 작품이 불길 속에서 순식간에 사라지는 것을 보았다.

"됐어." 그는 스스로에게 말했다. "이제 이야기와 결별했다."

그는 침대에 누웠다. 몸은 지쳤으나 영혼은 차분했다. 영혼이 차분해진 그는 인생에서 처음으로, 자신이 행복하다고 생각했다.

그는 자신 안에 있는, 천재나 광인에게만 더해지는 영혼을, 자신의 오페라로 옮기는 데 성공했다.

그날 밤, 요하네스는 그 사실은 깨닫지 못하고 죽었다. 깊은 잠 속에서, 꿈의 온기 곁에서.

그리고 영원히 아무도 몰랐다. 그가 천재에게만 더해지는 영혼을 갖고 있었다는 것을.

역자의 말

광기 어린 소유의 시대.

소유를 통해 존재할 수 있다고 외치는 시대.

그런 시대에서는

사랑도 예술도 소유하려 든다.

그러나 사랑은, 예술은

누구의 것도 아니라고, 페르민은 말하는 듯하다.

사랑은, 예술은,

소유하려는 순간부터 비극으로 치닫고 만다.

사랑이란 예술이란

소유할 수 없는 것이다. 존재하는 것이다.

페르민의 검은 바이올린에서는

그런 소리가 들리는 듯하다.

그 소리는, 사랑을 잃었다고 슬퍼하는

착각하는 시대에

사랑의 얼굴을 보여준다.

검은 바이올린

LE VIOLON NOIR

초판 1쇄 인쇄 2021년 7월 13일
초판 1쇄 발행 2021년 7월 20일

지은이 막상스 페르민
옮긴이 임선기

펴낸이 김민정
책임편집 송원경 **편집** 유성원 김동휘
디자인 한혜진
저작권 김지영 이영은 김하림
마케팅 정민호 김도윤
홍보 김희숙 함유지 김현지 이소정 이미희 박지원
제작 강신은 김동욱 임현식
제작처 천광인쇄사(인쇄) 경일제책(제본)

펴낸곳 (주)난다
출판등록 2016년 8월 25일 제406-2016-000108호
주소 10881 경기도 파주시 회동길 210
전자우편 nandatoogo@gmail.com **트위터** @blackinana **인스타그램** @nandaisart
문의전화 031-955-8865(편집) 031-955-2696(마케팅) 031-955-8855(팩스)

ISBN 979-11-88862-95-5 03860

○ 난다는 (주)문학동네의 계열사입니다.
○ 잘못된 책은 구입하신 서점에서 교환해드립니다.
기타 교환 문의 031) 955-2661, 3580